辻井喬と堤清二

TSUJII TAKASHI　TSUTSUMI SEIJI

近藤洋太

思潮社

辻井喬と堤清二

近藤洋太

思潮社

辻井喬と堤清二――目次

第1章 思想の発端 9
辻井喬は言外に戦後「転向」を否定した。

第2章 共産党国際派東大細胞 29
横瀬郁夫は党内闘争のなかで父康次郎によってもう一度屈辱を味わった。

第3章 反レッド・パージ／オルグ／新日文 51
除名後、辻井喬は城北地区にオルグに入った。

第4章 〈辻井喬〉の誕生 73
病癒えた辻井喬は、康次郎の秘書となり、西武百貨店に入社した。

第5章 〈堤清二〉という経営者 95
クレジットカード事件、女性再雇用制度創設には辻井喬の思想が込められている。

第6章 『沈める城』と『沈める城』 117
詩集『沈める城』の反応は皆無。しかしそれはがっしりとした骨格の思想詩だった。

第7章　八〇年代のセゾン　139
「セゾン文化」は、成熟時代の精神的豊かさを志向した。

第8章　大伴道子と堤邦子　161
母操と妹邦子は、父康次郎に翻弄される生きかたを強いられた。

第9章　わたつみと伝統　183
伝統が現代に生きる社会のなかにこそ、詩は生命をもつ。

第10章　辻井喬の遺業　203
辻井喬は宿命的に経営者であり詩人であった。

覚書　222

辻井喬年代別著作一覧　226

主要引用・参考文献　231

装幀＝佐々木陽介

辻井喬と堤清二

第1章

思想の発端

1

辻井喬の具合が悪いと知ったのはいつのことだったか。二〇一一年一月号の「現代詩手帖」をめくっていたとき、ふと彼の「別れについて」(『死について』(二〇一二年)所収、詩集収録に際し「別れの研究」と改題)という詩が目に入った。詩行を追っていくうち「そう遠くないうちに僕も入るその空間には/雲が流れているだろうか/緑が滴って澄んだ水に映っているか」というスタンザに行きあたった。もう高齢だからな、辻井さん大丈夫だろうか、と思ったのはその時だったか。そして東日本大震災が起こった。すっかりそのことを忘れていた時、同誌六月号に辻井喬の「短期集中連載・死について　病院にて」というタイトルを見つけた。これはまずいな、と思って辻井喬に近い何人かのひとに連絡をしてみた。彼はその前年から具合が悪く、入退院を繰り返していということだった。私は彼が存命のうちに、どうしても聞いておきたいことがあった。辻井喬を形成した思想、それを知りたければ彼の著作を読めばよいのだけれども、彼の思想の発端がどこか韜晦を含んでいるようで、見極めたいと思ったのだ。七月に入って私は辻井喬と会い、二時間ほど彼から話を聞くことができた。そのときのことを含めて、辻井喬について考えをすすめていきたいと思う。

辻井喬のいくつめかの自伝的小説『父の肖像』（二〇〇四年）が書かれた動機は、彼が七十五歳で亡くなった父康次郎の年齢と近づいてきたという理由のほかに、由井常彦、前田和利、老川慶喜の執筆になる伝記『堤康次郎』（一九九六年）が刊行されたという事情があるだろう。堤康次郎は、のちのセゾングループ、西武鉄道グループの創始者であり、かつ衆議院議長まで務めた政治家であった。ただ実業家としては、会社や土地の買収が強引、非情で、東急グループの創始者である五島慶太と並べられ「強盗慶太、ピストル堤」と呼ばれることもあった。また女性関係も複雑でスキャンダラスに扱われることがあった。『堤康次郎』は、実業家としての面だけでなく、政治家としてどんな仕事をしたかということが第三者の客観的な視点から描かれている。この伝記の出版が『父の肖像』を書かせた動機のひとつだろう。その冒頭近く次の一節がある。

父のことを考える場合、私はいつも世間が楠次郎について抱いているイメージと自分がこの目で見た父の姿との差異の前に立止ってしまう。同時にこの当惑のなかには私自身の年頃と立場の変化によって父に対する評価が動いてしまうという困難が絡っていた。私が父に烈しい敵愾心を燃やしていたのはマルクス主義に心酔し、諸悪の根源としての資本家と大地主を倒さなければと考えていた大学生の頃であった。その時代を振返ってみると、むしろ父への反感、生理的反撥が私をマルクス主義に近付けたのではないかと思う。しかし不思議なことに、その時私はそれ以後のどの年齢の時よりも純粋に父に向き合っていたようなのだ。

『堤康次郎』は、家族問題にも触れている。堤康次郎は昭和十四年（一九三九年）春、東京・麻布広尾町に住居をかまえ、青山操とともに清二（辻井喬）、邦子を呼び寄せた。また清（岩崎そのとの間に生まれた子。最初の妻、文が養育した）は、兵役についたのち昭和十五年から同居した。それ以前の昭和八年（一九三三年）石塚恒子と知り合い、彼女との間に、義明、康弘、猶二が生まれた。昭和十六年（一九四一年）春、恒子との間の子（猶二は昭和十七年出生）を入籍、麻布の家に引き取った。つまり母親の異なる五男一女を同じ家で養育し、生活することになった。

社会的成功者に対して、正妻以外の女性との間に子供をつくることが今よりも寛容だった戦前の社会においても、これは異常な家庭環境といえるだろう。辻井喬は幼少の頃「妾の子」と呼ばれる屈辱を味わった。けれどもひとつの家に、母親のちがう六人の子供が日々顔を合わせて一緒に暮らすことは、それ以上の屈辱ではないか。とはいえ「私が父に烈しい敵愾心を燃やしていたのはマルクス主義に心酔」していた頃であり、「むしろ父への反感、生理的反撥が私をマルクス主義に近付けた」というのはあまりにも不幸ではないか。辻井喬がマルクス主義へ接近する理由、いや人がマルクス主義に近づくのは、もっと普遍的な「正義」によってではないか。たとえ父への憎しみ、生理的反発がそのうらにあったとしても、あからさまにマルクス主義に近づいた理由とすることは、なにか納得できない思いが残るのだ。私が辻井喬に聞いてみたかった眼目はこのことであった。けれども私は、少しさかのぼって彼の戦争中のことから書き起こそうと思う。

2

辻井喬は、東京府立第十中学校（現都立西高）を経て、昭和十九年（一九四四年）、旧制成城高等学校理科甲類（現成城大学）に入学した。成城高校に入る前の昭和十八年十月二十一日、神宮外苑競技場で出陣学徒の壮行会が行われた。『本のある自伝』（一九九八年）には次のように書かれている。

学生達は緊張し、昂揚した面持で雨の中を行進し、見送りに集った七万人に近い人々の多く、ことに母親の年代の女の人は涙を流していた。後に残る後輩学生の中に加えられた私は、すぐ上の先輩達を尊敬の気持で一杯になって見送った。私は、自分が生れたのが遅かったために戦線に参加できないのが残念だった。この年の五月には北のアッツ島守備隊が全滅していたし、この時期に動員されることは死を意味していた。／しかし私を含めた多くの若者達はそれを恐れてはいなかったように思う。それは殉教者の精神に近かった。

ポイント・オブ・ノーリターンとは、航空用語で「帰還不能点」をいう。飛行機は目的地まで行くとき、必ず復路の燃料も確保している。ポイント・オブ・ノーリターンとは飛行機が出発点に戻る燃料がなくなる地点を指す言葉としてあるが、転じてある国家が、いかなる外交交渉も不調に終わり、後もどりできずに戦争に突入して行かざるをえない時点を指す。わが国の対米英戦争でのそれはどの時点であったかは、今は問わない。ただその時点をすぎるとその民族、国民は自ずと運命共同体を形づくるのだ。

辻井喬より三歳年長の吉本隆明も『高村光太郎』のなかで「死は、すでに勘定に入れてある。年少のまま、自分の生涯が戦火のなかに消えてしまうという考えは、当時、未熟なりに思考、判断、感情のすべてをあげて内省し分析しつくしたと信じていた。もちろん論理づけができないでは、死を肯定することができなかったからだ。死は怖ろしくはなかった」と述べている。

戦後、竹内好は「近代の超克」（『竹内好全集　第八巻』所収）のなかで「戦争の二重構造」を言った。「大東亜戦争」は、中国、アジアに対する植民地侵略戦争であると同時に、米英との帝国主義間戦争であった。これらのことは事実上一体化されていたが、その腑分けを行わなければ、本当の戦争の姿はみえてこない。しかし戦後史観はあの戦争を帝国主義侵略戦争として一括し悪と断定した。その結果、私たちはあの戦争が米英の「民主主義」がわが国の「軍国主義」に勝利した戦争だと教えられた。竹内は「「国家の総力を挙げ」てたたかったのは、一部の軍国主義者ではなく、善良なる大部分の国民であった。国民が軍国主義者の命令に服従したと考えるのは正しくない。国民は民族共同体の運命のために「総力を挙げ」たのである」と述べている。年少の辻井喬や吉本隆明たちが死を恐れなかったのを、国家に洗脳されていたからだと片付けるのは簡単だが、意味がない。彼らはわが国が総力を挙げて戦った、戦争という運命共同体のなかに生きていたのだ。

大戦末期、アメリカ軍はサイパン島、グアム島を制圧し本土空襲の足がかりとした。昭和十九年（一九四四年）十一月、東京空襲がはじまるが、辻井喬は「帝都防衛隊」に編入され、空襲警報が出るたびに四谷三丁目の消防署へ駆けつけた。この前後の時期、神奈川県厚木の海軍飛行場建設の仕事に動員された。麻布の当時「大東亜迎賓館」と称した母屋は昭和二十年五月の空襲で消失したが、私邸は消失を免れた。そして戦争は終わった。

昭和二十二年（一九四七年）、辻井喬は、成城高校理科甲類を卒業し、同校の文科甲類に転入した。辻井喬は転入について、こう話した。

――戦争が終わると「文転」と言って、文科へ変わるものがいた。僕のいた理科甲類のうち三分の一は「文転」した。僕は兵役逃れのために姑息な方法をとったと思われることが許せなかった。だから三年間きちっとやって卒業した。工学部に進もうと思ったけれども、GHQの指令で航空学科はない。造船学科もない。計測学科というのはあったけれども、どうしても魅力を感じない。それじゃあと文科に入り直した。

辻井喬が文科に転入した年に、成城学園総長排斥問題が起こっている。『資料戦後学生運動１1945-1949』（三一書房）にある「学生時報」（一九四七年八月五日）の「成城学園紛争の真相」によってこの問題を追ってみる。

G項該当者である戦犯後援会長中村氏を中心とする財団が総長のロボット化による学校経営の独占、今回の紛争を期とする進歩分子の締め出しを意図して居ることは、不当な教育協議会への干渉（違憲行為）、一方的人事の押しつけに見られるように明白である。これに対して高等科職員組合は高等科生徒、同窓会、父兄有志に加えるに中等科生徒の一部、女子専攻生徒の全部の大きな支持の下に飽くまでも純理的に学園民主主義のため敢闘している。〔中略〕財団は地固め工作に奔走し、六月十九日-二十一日の関連日父兄会を開催、父兄の抱き込みに努めたが、一方生徒、同窓会は積極的にデマゴキーの粉砕に活動し問題の真相発表に不眠不休で努力した結果、六月二十二日父兄の有志は会合を開いて、／(1)退職教授の即時無条件復帰／(2)現財団の総辞職／を決議し、直ちに父兄対策委員会の結成を見た。委員会は七月六日父兄会を召集、G項該当者中村氏の教授会会長辞職実現を期すべく、また財団後援会の責任による寄附を受けつけぬと決議した。こう揚した学生、職員、父兄側の意気に対して財団も、また同月十日父兄会を招集した。席上財団は全責任を教授グループに転嫁せんとしたが、反って父兄より非難され、ほとんど流会に近い状態で解散せねばならなかった。

成城学園は、澤柳政太郎によって創設された自由主義教育を標榜した学園である。戦前において、七年制高等学校、高等女学校、小学校、幼稚園を備える一大学園であった。「成城学園紛争の真相」によれば、財団（このころ成城学園は財団法人で、学校法人になったのは一九五二年）の実質的なトップであった中村某（G項該当者とは、GHQによる経済人等の公職追放者）は総長を傀儡として、進歩的教師を退職させるなど、一方的な人事を押し付けようとした。これに対し、高等科の職員組合が、高等科生徒や同窓会、父兄などの支持のもとに学園民主化に立ち上がった。もともと自由主義教育を標榜した学園であったので、反動的な財団に対し、現状復帰を求める闘いだったのではないか。それも同窓会や父兄の賛同を得た穏便な学園民主化の闘いではなかったか。

もうひとつ、この記事では、高等科の職員組合が主体となった民主化運動のように書かれているが、旧制成城高校にも闘争委員会が作られた。高垣祐を委員長とし、辻井喬は副委員長だった。結局この総長排斥問題は、学期が終わったら総長が退陣することで決着を図ることになったらしい。辻井喬は敗戦から総長排斥問題に関わるまでの自分の心の変化を次のように語った。

――八月十五日の玉音放送は、僕の作った鉱石ラジオで、家族みんなで聞いた。大人たちは泣いたが、僕は泣かなかった。戦うつもりだった。あとはゲリラ戦しかないなあ、でもゲリラ戦はしんどいなあというようなことを考えていた。だけど大人たちの変わり身は早かった。戦争が終わって、勤労動員がなくなって学校が再開する。九月になってはじまったと思うが、教師たちは、もともと日本は民主主義の国だったが、これまでの日本はだめだったと言った。先月まで言っていたことと全然違う。いくら生徒だって馬鹿にするもんじゃない。思想も信念もない。大人の社会に対する反発、不信感ばかりがあった。こんなやつらに教わっていたのか。聞いてあきれるぜ。そのうち総長排斥運動が起こる。それはマルクス主義でもなんでもなかった。今にして思えば総長に悪いことしたと思っている。戦争中、総長は総長なりに苦労していた。成城高校では生徒はネクタイを着用して、国民服などは着させなかった。最後は軍の圧力で国民服を着させられるが、軍の命令に対しては面従腹背だった。成城はもともと澤柳政太郎がつくった学校だから、総長は自由主義を守ろうとした。そんなことは子供だから分からない。こんな大人の社会のリーダーはやっつけなければいけないというのではじめた。だからきわめて無邪気というかおろかというか、そんなものだった。

後日、成城学園に確認したところ、高橋穣という人が当時の総長であった。彼が責任をとって退陣したという記録は残っていないが、この総長排斥問題は「窓ガラス一枚割れなかった」民主化運動であったと聞いた。

昭和二十三年（一九四八年）四月、辻井喬は東京帝国大学経済学部商学科に入学した。『本のある自伝』には、東大に入学するとすぐに共産党に入党したように書いてあるが、彼はこんなふうに訂正した。

——「成城みたいなお坊ちゃん学校に面白い奴がいるぞ」ということで、高垣祐ではなくなぜか僕が目を付けられた。大学の入学式にいったら、青共、青年共産主義同盟の新入生勧誘のテーブルに座らせられた。大学に入ったら青共に入るのが当たり前と言われ、あ、そうですか、入りますといってすぐに入った。極めて簡単だった。劇研、落研なんかいくつもあるサークルのひとつとして青共があった。それから共産党に入党したが、その経緯がはっきりしない。共産党に入党を薦めたのは渡邉恒雄と氏家齊一郎だと書いたが、氏家からはあとで俺は薦めていないよと言われた。

3

私の父の世代、戦争中の知的青年たちはあの戦争とどのように向きあったのかという問題は、私の二十歳代後半から三十歳代にかけてのテーマであった。私はそれを戦争中、事故死とも自殺ともつかぬ死を遂げた博多の詩人、矢山哲治によってケーススタディーした。彼を中心に阿川弘之、小山俊一、島尾敏雄、那珂太郎、眞鍋呉夫らが拠った同人雑誌「こをろ」（昭和十四年（一九三九年）十月創刊）同人たちの発表した詩、小説、エッセイだけでなく、提供された書簡、日記、メモの類まで読んでいくうちに、私のなかの戦後的な常識はいくつもくつがえされていった。

あの戦争で最も多く戦死者を出したのは、大正七年（一九一八年）、八年生まれの年代だといわれている。「こをろ」同人の多くはこの年代に当たる。彼らは旧制福岡高校出身者が多かったが、小山俊一は、「こをろ」がつくられた頃「（旧制）広島高校から参加した阿川弘之からの葉書に「もうこちらにはレフトの動きは全くないが、そちらはどうか」という言葉があった。「レフト」はもうさっぱりとなかった」（「戦争とある文学グループの歴史」）と述べている。また矢山哲治は同人だけに配られた「こをろ通信」で「私達だけの精神的、文化的気圏をつくりたかつた。さういふ私達だけに意味のある発表機関を持ちたかつた」と書き、「真にデモクラチックな自由と自治の団体」を目指した。組織的な左翼運動は壊滅していたが、そこにはまだ旧制高校的なリベラリズムの雰囲気は残っていた。それが昭和十年代なかばの彼らのおかれた状況だった。やがて戦争がはじまり、彼らは戦場に赴いた。

小山俊一は「〈教育現象〉について」(『プソイド通信』所収)で、自分がくぐってきた戦争についておおよそ次のようなことを書いている。彼は矢山哲治が最後に彼に寄こした葉書に「おれたちはみな陛下の赤子だ」と書かれていたことに、戦後、ずっとこだわりがあった。「(矢山哲治(たち)は「別のもの」でもあったのではないかという疑問)」、つまり小山も含めた矢山たちは、戦争の遂行に一歩踏み込んで協力しようとした。彼らと戦後の小山たちは「別のもの」ではないか。小山や眞鍋呉夫ら「こをろ」同人の一部は、敗戦ののち、数年の間に共産党に入党した。

この小山俊一の鬱屈とした思いに、一気に見通しを与えてくれたのは、鶴見俊輔の「転向研究の方法」(『鶴見俊輔集　第四巻』所収)及びそこに引用されている井上光晴の小説「ガダルカナル戦詩集」(『われらの文学20　井上光晴』所収)であった。井上光晴は、戦争中、典型的な皇国少年であったが、戦後、日を置かずして共産党に入党した。彼を共産党へ導いたものはなにか。それは「ガダルカナル戦詩集」に表れている。この小説には、現実の井上光晴の姿がかなり投影されているようだ。小説では、戦争末期の長崎で十八、九歳の少年少女たちが読書会を作っている。手に入る本は、幕末の勤皇の歌人、佐久間東雄《あずまお》の歌や吉田嘉七の『ガダルカナル戦詩集』、それから『万葉集』などしかない。仲間が召集された壮行会の夜、『ガダルカナル戦詩集』が朗読され、彼らは深い感動にとらえられる。

ここには天皇制の言葉しかない。そんな本しかないときに彼らは一義的にファシストになるだろうか。彼らはこうした読書のなかに自分の考えや感情を託し、より大きな正義へ向かって道を見つけてゆくのではないか。天皇制シンボルをたよりにしてゆけば、結局、その時の現実の天皇制権力と向き合う姿勢に到達しうる条件があった。鶴見俊輔はそのように考えた。これは戦後の進歩派知識人の見解を一歩抜け出た意見だと思う。

宗左近の「わだつみの一滴」（『現代詩文庫70　宗左近詩集』所収）のなかに、徴兵忌避したにもかかわらず応召せざるを得なくなった彼の壮行会の席上、橋川文三と白井健三郎が激しい口論をする場面が出てくる。「「おれたちは、まず日本人なんだ、それから人間なんだ」。「違う、まず人間だよ。それから、いやいやながら日本人なのさ」。「そうじゃない。第一与件として日本人だ、次ぎに属性として人間だ」。「馬鹿をいえ、人間がさきだ、日本人があとだ」」。「まず日本人なんだ」と言ったのは橋川文三、「まず人間だよ」と言ったのが白井健三郎である。今日の目で、当時の切迫した状況のなかにいた青年たちの論争に口をはさむことはできない。白井健三郎は「橋川文三のパトス」（『橋川文三著作集　第五巻』月報）のなかで、この日の論争に触れたのち、敗戦後に会った彼が「日本共産党への入党を思いつめていたように思えた」と述べている。

私は橋川文三の『日本浪曼派批判序説』（『橋川文三著作集　第一巻』所収）のなかの有名なあの仮説を思い出す。「私は、日本ロマン派は、前期共産主義の理論と運動に初めから随伴したある革命的なレゾナンツであり、結果として一種の倒錯的な革命方式に収斂したものに過ぎないのではないかと考えている。私たち何も知らなかった少年たちが「革命」以外のものに関心をひかれ、魅惑されたということは不自然ではないか」。昭和十年代、左翼運動が徹底した弾圧を受け壊滅したあとに、旧制高校生たちにとって「日本浪曼派」の文学運動、とりわけ保田與重郎の書くものは、メタファとして言うが「革命」を代替するものであったのではないだろうか。

現実の共産党がどうであったかは措く。井上光晴は敗戦から日を置かずして入党した。小山俊一、眞鍋呉夫ら「こをろ」の一部は、数年ののちに入党した。橋川文三は実際に入党したかどうか私は知らないが、戦後の一時期、共産党の近傍にいたようだ。吉本隆明も一時期労働運動に関わり、やはり共産党の近傍にいた。彼らは思考の振れ幅が大きいように見えるが、実はより大きな正義に向かって道を見つけようとしたと言えるのではないか。彼らの心の変化を「転向」といってよいのではないか。

一方で思考の振れ幅の小さい人たちもいた。辻井喬と同年の生まれの粟津則雄は、旧制京都府立第一中学校（現府立洛北高校）時代、ニーチェやランボー、ヴァレリーに強い影響を受けた。「日本浪曼派」の熱狂的ファンの級友からは、「西洋かぶれ」と言われ「国賊」と呼ばれた。「お前は民族の慟哭を知らんのか」と言われ「慟哭ってなんだい、民族が泣くのかね」とからかうと、級友は激怒し陰で「粟津を殺す」とも言ったという。戦後、旧制三高時代の彼は、今度は左翼の級友から「プチブル主義」と言われたという。「こをろ」のなかでは、阿川弘之や島尾敏雄、那珂太郎が振れ幅が小さかった。さらに私が影響を受けた詩人でいえば、鮎川信夫がそうした振れ幅の小さい人に思えた。彼は戦前・戦中においてマルキシズムの残滓を引きずる連中を嫌悪し、六〇年安保にもコミットしなかった。

思考の振れ幅が大きいか小さいかは、もちろん文学や思想の優劣の物差しにはならない。私はそうした思考のパターンがあることを、矢山哲治を中心とする「こをろ」グループについて考えていた時に感得したのだった。

4

辻井喬には、井上光晴における『ガダルカナル戦詩集』、橋川文三における「日本浪曼派」なかんずく保田與重郎、また粟津則雄におけるランボーのような決定的なものがない。『本のある自伝』によれば、「この前後の数年間（麻布の母屋が大東亜迎賓館として政府に借り上げられた昭和十七年五月前後――引用者註）私には心を捕えられた読書の記憶がない。極端な思想弾圧と紙の統制で、出版活動は気息奄奄であったし、それよりも私の方の精神状態が皇国少年としてゆとりを失くしていたのだろう」と書かれている。とはいえ彼の皇国少年から共産党入党に至る軌跡は、思考の振れ幅の大きいほうのグループに入るだろう。辻井喬がマルクス主義へ接近した理由は、このような普遍性をもつのではないか。彼もまた大きな正義に向かって道を見つけようとしたと言えるのではないか。もっともこの話をして、辻井喬の納得を得ることは、むずかしいとも思っていた。日野啓三との対談『昭和の終焉――20世紀諸概念の崩壊と未来』（一九八六年）のなかで、彼が次の発言をしていたことを知っていたからだ。

日野　〔前略〕よくこういうタイプがいましたでしょう。戦争中、たくさん士官学校、海兵、予科練へ行きましたよね。帰ってきて高等学校か大学に入って、そのまま左翼の活動をやっていた人。

辻井　かなりいましたね。あれは発想が同じなんです。使っている道具が、天皇制じゃなくてマルクス主義になっただけで、発想は同じだと、僕はだんだんそう思うようになりましたね。ですから、それは論理の回路がつながっていれば、それを正しいと思う。なんの矛盾もなく正しいと思えるタイプね、そういう人は、論理の回路がマルクス主義としてつながっても、帝国主義とつながったとしてもかまわないわけです。

こうした皇国青年、少年たちが共産党に入党するというケースも多かったのだろう。また辻井喬は、この少し先で「軍隊から帰って翌日共産党員になったというような人には、ついていけない」とも発言している。井上光晴もまた日を置かずして入党するが、それは彼の思考が、天皇制と向き合うすぐそこまできていたからではないか。戦争の終結は、より大きな正義へ向かう最後のひと押しではなかったか。

私は辻井喬に会ったとき、最初に『父の肖像』の「父への反感、生理的反撥が私をマルクス主義に近付けたのではないか」という一節への違和を述べ、皇国少年から共産党入党に至る軌跡は、思考の振れ幅は大きくみえるが、連続する思考としてとらえることができるのではないか。辻井さんはより大きな正義へ向かって道を見つけようとしたのではないかと聞いてみた。それは「転向」と言ってよいのではないかと。彼は慎重に言葉を選ぶようにして語りはじめた。

――それは本人には説明しづらいことなんだけれども。はっきり覚えているのは、浅原厳人という友人がいた。まじめなクリスチャンで、仲がよかった。あるとき、浅原に国の体制はひとつに決まってそれが続くということはない、状況が変化すればそれにあわせて変わらなければならないんじゃないかと言った。すると浅原からそれを唯物史観というんだという返事が返ってきた。それがきっかけで『空想より科学へ』、『共産党宣言』というマルクス主義文献を読みはじめた。文転をきめたすぐあとだ。読み出したら分かりやすい。これだなと思った。もし大人が皇国史観で通そうとしたら、もうちょっと対応が変わったかもしれない。だけどいっせいに一晩で変わってしまった。だから今でも当時の大人の社会はだめだと思っている。それから……。

そう言って辻井喬は、敗戦から東大に入学し、青年共産同盟に入るころまでに読んだマルクス主義文献を挙げはじめた。私は話を変えようと、一晩で変わってしまった大人の社会のなかに堤康次郎は含まれるかと聞いた。今度は、即座に返事が返ってきた。

――含まれない。僕の反発は、世間一般の親に対するそれとは違う。父に対する反発は肉体的反発、動物的な反発だった。生物としての反感はあっても、思想的な反感はない。

『堤康次郎』によれば、彼は昭和十一年（一九三六年）の二・二六事件から昭和十六年（一九四一年）まで、民政党のベテラン議員として毎年のように衆議院本会議、予算委員会で質疑に立っている。昭和十五年（一九四〇年）二月、斉藤隆夫は、戦争政策を批判した反軍演説が問題となり議員辞職に追い込まれた。この時、堤康次郎は予算委員会で言論統制を問題に取り上げ、児玉内相から「言論ノ抑圧トイフ事ハ百害アッテ一利ナシト考ヘテヲリマス」という答弁を引き出すことに成功している。同年十月、大政翼賛会が結成され、既存政党は解体して議会政治は事実上終焉した。それでも堤康次郎は、近衛内閣の新体制と大政翼賛会を批判した。昭和十六年一月、彼は衆議院予算総会で近衛文麿首相に対し、質問に立った。それは翼賛政治批判の最後のものとなった。堤康次郎はあの対米英開戦に向かうわが国にあって、勇気と信念を持って言論の自由を主張し、新体制と大政翼賛会を批判した政治家であった。

辻井喬は、私の言った「転向」をさりげなく否定し、皇国少年であった自分と共産党に入党した自分とは違うと言っているように聞こえた。敗戦を機に、まったく新しく自分の世界を獲得するために勉強をはじめたと言っているように感じた。彼にとって父康次郎に「思想的な反感はない」のだ。「生物としての反感」は抜きがたくあって、それはマルクス主義の獲得と不可分に結びついている。辻井喬の言うとおりだとしたら、救いがたく不幸な思想の発端ではないか。

なかば予想していたことではあったが、そのことを本人に確認したことは少なからずショックであった。先日、十年前に恵贈された『父の肖像』を書架から取り出し、ふと礼状の葉書を書いた時のことを思い出した。私は遠慮がちに、父上への反発が辻井さんをマルクス主義に近づけたというのはちょっと驚いたという意味のことを書いたのだった。

第2章

共産党国際派東大細胞

1

安東仁兵衛は、旧制水戸高校在学中に共産党に入党し、辻井喬と同じ昭和二十三年（一九四八年）四月に東大に入学している。彼らは共産党東大細胞として行動を共にした。安東の『戦後日本共産党私記』（文春文庫版）は、敗戦後の共産党への入党から、一九五〇年の党の分裂、それに伴うスパイ査問・リンチ事件、東大細胞の崩壊、六全協、六〇年安保闘争から離党に至る経過を自らの体験をもとに書いている。この本は、いくつかの資料と突合してみても、歴史の証言として信頼するに足りる質をもっていると思う。

安東は、初めて知った辻井喬の印象を「堤清二（成城高校出身の彼に私は入学以前から見覚えがあった。一高で開かれた関東高等学校代表者会議――議長は一高の坂本義和――で、紅顔の彼がまことにシャイな物腰で成城高校の民主化闘争の報告をしたことを覚えている。彼は家族との関係から横瀬というネームを使っていた）」と記している。また昭和二十三、四年のことだと思われる次の一節がある。

もうひとつの情景は、台風下に出水した江東地区の救援活動である。キャサリン、キティなどヤンキーの女性名で呼ばれていた台風が関東地方を直撃し、東京の下町は水浸しになった。党はただちに救援隊を組織した。私が命ぜられた集合場所は錦糸町の駅の南側で、関東地方委員会が陣取っていた。地方委員の小松勝子が大張り切りで、私たち学生は彼女の叱咤の下に出水地帯に入らされた。国鉄のガードから北側の地区は進めば進むほどに水かさが増し、腰の上までに達した。汚物がプカプカと浮んでいる道路や軒下を私は堤清二といっしょに進んだことを覚えている。夕暮に堤防の上に空腹でたどりつくまで私たちは泥水の中を廻りつづけた。救いを求める〝下町の佳人〟どころか、浮遊する汚物にうんざりの私は、イヤな顔ひとつしない堤に感心させられたものである。

共産党に入党する前後の辻井喬は、社会の本質的な変革を目指して、生真面目にかつ真剣にこうした地道な救援活動に従事していたのだと思う。もちろん先に述べた、父康次郎への敵愾心をうちに秘めてもいただろう。しかし彼は党からスパイという汚名を着せられ除名処分を受ける。のちに宮崎学との対談『世界を語る言葉を求めて――3・11以後を生きる思想』（二〇一一年）のなかで、彼は「結構だ。だけれども、俺は死んでも反共主義者にはならない」と自らに言い聞かせたと述べている。後年、辻井喬は西武百貨店に入社した。資本主義社会のなかでの百貨店経営者という立場に立たされた彼は、一九六〇年代から七〇年代にかけて、その経営理念をもどかしく「経営共和主義」と呼び、「市民産業」と呼ぼうとした。

『セゾンの歴史　下巻』によれば、「無印良品」は、昭和四十八年（一九七三年）十月に勃発したオイルショックの反省から生まれたという。当時、西友ストアーにいた高丘季昭は、多くの消費者が失望したのは、物不足に対する供給能力の弱さであり、狂乱物価に対する価格抑止力の弱さであったと分析した。不合理な流通過程を飛ばし、商品の無駄をそぎ落とすこと。消費者主体に高品質の商品を廉価で供給すること。ネーミングについて、田中一光は「当時はちょっとした中国ブームの時代であり、〈ノーブランドを日本語に訳すとどういうことになるか〉と議論している最中、突然〈無印良品〉という四つの漢字が会議の席上で湧いた」という。「無印良品」は辻井喬のプロデュースによる。社会の変革は、消費の現場からでも起こすことができる、彼はそう考えたのではないだろうか。それは共産党体験とどこかで呼応していただろう。

三浦展との対談『無印ニッポン――20世紀消費社会の終焉』（二〇〇九年）で、辻井喬はアメリカのシアーズ・ローバックのラボラトリーを視察して、彼らが世界中のカメラを取り寄せ、分解して、不要なものをそぎ落とし、シアーズ仕様でやってもらうよう交渉することを知って、それが「無印良品」の原点になったと語っている。それは消費者主体に商品を作り変えていく「反体制商品」であった。これに対して三浦氏は「反体制とおっしゃるのは、豊かさの意味の捉え方が、アメリカ的豊かさとは逆だからでしょう。単に、シアーズをモデルにして、むだを省いて安い商品を作ったというだけではない。これはセゾングループの特質でもありますが、いまある豊かさを疑ってしまうという、そういうところがあった」と述べている。こうして一九八〇年十二月、まず「無印良品」は三十一アイテムを西友ストアー全店ほかで販売開始した。

2

昭和二十四年（一九四九年）、辻井喬が大学二年の時の彼の最大の関心事は『きけ わだつみのこえ』の出版であった。戦没学徒の遺した手記をあつめたこの『きけ わだつみのこえ』は、同年十月に東大協同組合出版部から刊行され、のちに私たちは、光文社のカッパ・ブックスから出版された二冊本によって読むことができるようになった。

『きけ わだつみのこえ』を知ったのは、私が東京の大学に入った昭和四十四年（一九六九年）五月、立命館大学の全共闘の学生たちが「わだつみ像」を破壊したことによってだった。この「わだつみ像」は、『きけ わだつみのこえ』の印税を基金として、本郷新が依頼を受けて制作したもので、当初、事務局の置かれていた東大に建立される予定であった。しかし大学当局の拒否にあい、立命館大学に建立されることになったという。カッパ・ブックス版に「はしがき」を寄せている末川博は、立命館大学総長で「わだつみ像」の大学への受け入れを決めた人だ。全共闘運動の盛んだった時代に、ドラッガーの『断絶の時代』が出版された。そこには国家の衰退、情報化社会の進展、グローバル経済への移行などが述べられていたと記憶するが、その本の趣旨とは異なる、世代間の認識の「断絶」が声高に言われたのであった。のちにあとがえって思ったことだが、「わだつみ像」を破壊した立命館の学生たちは、戦後民主主義の欺瞞のにおいをそこに嗅ぎつけていたのではないだろうか。

私がカッパ・ブックス版『きけ わだつみのこえ』二冊本をきちんと読んだのは、ずっとあとのことだ。たとえば東大を卒業後、海軍に入り、昭和二十年（一九四五年）四月、済州島沖で二十二歳の若さで戦死した竹田喜義は、軍隊で読書が思うようにならず活字に飢えて「食事時間の数分前、食卓番が配食の準備にごった返している食卓の堅い木の長椅子にすわって、メンソレータムの効能書を裏表丁寧に読み返した時などは、文字に飢えるとはこれほどまでに切実なことかとしみじみ感じた」と日記に記している。また東京美術学校を卒業、昭和二十年八月、宮古島陸軍病院で餓死した二十六歳の関口清は、衰えていく自分の姿のスケッチのわきに「七月十四日現在　もうこれ以上はやせられまい」と書き、亡くなった当日のスケッチは、もう立つこともできない自分の姿を描いている。また別のスケッチには「これだけあれば病気はなほる」と記され、自分の周りには、さまざまな料理や飲物や食材がならべられている。こうした日記やスケッチは大変痛ましい。けれども一方で多くの厭戦的、反戦的気分の濃い手記を読んでいると、これらの学生たちの反対がありながら戦争はなぜ起こってしまったのだろうと思わざるをえない。渡辺一夫は『きけ わだつみのこえ』に「感想」という文章を寄せ「初め、僕は、かなり過激な日本精神主義的な、ある時には戦争謳歌にも近いような若干の短文までをも全部採録するのが「公正」であると主張した」と述べているが、そうした類の手記の多くは除外された。つまりこの『き

け　わだつみのこえ』は「編集」されたものなのだ。

『戦艦大和ノ最期』の著者で、戦艦大和に乗船し沖縄戦を闘い、文字通り九死に一生を得た吉田満は、「死者の言葉に一方的に選択を加えた生存者は、死者に何を為しえたというのか。切り捨てた部分を否定することはできたとしても、死者がになっていた苦悩の全体を裁くことは許されないはずである。一方遺書のすべての部分を尊重しようとする姿勢からは、立場の相違をこえて、それがわれわれに何を訴えているかを謙虚にくみとる努力が生れるであろう」（「学徒出陣三十年」、『吉田満著作集　下巻』所収）とこの「編集」を批判している。

辻井喬は、二〇一一年五月一日号の「サンデー毎日」に「東日本大震災に思う「詩の切実さ」」という文章を寄稿している。彼は切実さで現実と切り結ぶ作品が求められていると書き、『きけ　わだつみのこえ』の時の自分に言及している。

しかし、日本戦没学生の手記『きけ　わだつみのこえ』にかかわった時、私も多くの学生の遺書のなかから「天皇陛下万歳」と書かれた手記、手紙を排除するように要求した。／「これは反戦学生のための手記なんだから、洗脳された者の手紙を掲載すべきではない」／というのが編集委員会の空気だった。それでも、学生の気持がよく分かっていたフランス文学部長は、根気よく編集に携わる学生たちを説得して文集中にそのいくつかを収めたのであった。しかし、その頃から、私の心の中で多くの戦没学生は私に微笑みかけるのを止め、無表情のままになってしまったような気がする。

私はこの話をもう少し聞きたいと思った。「戦没学生は私に微笑みかけるのを止め」たとはどういうことか。辻井喬はこんなふうに語った。

——僕は「編集」に携わるほどの深さで関わってはいない。その他一般の立場の学生として、意見を述べる程度だったが、それでも責任はある。そのことを自分に許すべきではないと思っている。あの時の状況では、「編集」しないほうがいいということはできなかっただろう。フランス文学部長だった渡辺一夫さんはリベラルな立場から、戦没学生のいささか過激な日本主義みたいな考え方を入れたほうがリアリズムがあっていいという言い方をした。あの戦争下、渡辺さんや中野好夫さんなど、大学にはそういう戦争をくぐりぬけたリベラリストはいた。若者がサイパンで玉砕する。その死顔を美しかったとみるか、犬死だったとみるか。それをもう一度、私たちは考えてみるべきだと思う。僕はやっぱり若者たちの死顔は美しかったと思う。美しかったからこそ、戦争に反対する。いわゆる革新といわれる人たちは、認識と実際の受け取りかたにギャップがある。若者の死を犬死だったとして通り抜けてきた。これは文学に差し出された「お前はどうするんだ」という果し状だと思っている。彼らには天下の大義に殉じるという自覚があったはずだ。大義に殉じたからこそ美しいのではないか。むずかしい話だが、文学はそのぎりぎりのところで書かれなければならないのではないか。

辻井喬は最後まで自分が左翼であることを自認していたが、こうした話をきくと、なにかとても思考の柔軟さを感じるのだ。

3

昭和二十五年（一九五〇年）一月六日、共産党・労働党情報局（コミンフォルム）機関紙「恒久平和と人民民主主義のために」に「日本の情勢について」が掲載され、野坂参三のアメリカ占領軍に対する解放軍規定、占領下における平和革命論が名指しで批判された。「野坂の「理論」は、日本の帝国主義占領者美化の理論であり、アメリカ帝国主義称賛の理論であり、したがってこれは日本の人民大衆をギマンする理論である。野坂の「理論」がマルクス・レーニン主義とは縁もゆかりもないものであることは明らかである。本質上、野坂の「理論」は反民主的な反社会主義的な理論である。それは日本の帝国主義的占領者と日本の独立の敵にとってのみ有利である」、コミンフォルムはこのように批判した。

共産党は、一月十二日の「アカハタ」紙上で「「日本の情勢について」に関する所感」を発表した。「所感」は、「論者が指摘した同志野坂の諸論文は、不十分であり、克服されなければならない諸欠点を有することは明らかである」としながらも、「日本における客観的ならびに主観的条件は一定の目的を達成するにあたって、ジグザグの言動をとらなければならない状態におかれている。それ故に、各種の表現が奴隷の言葉をもってあらわさなければならないときもあるし、紆余曲折した表現を用いなければならないことも存在する。かかる状態を十分に顧慮することなくして、外国の諸同志が、わが党ならびに同志の言動を批判するならば、重大なる損害を人民ならびにわが党に及ぼすことは明らかである」と反論した。しかし一月十七日、中国の「人民日報」がこの「所感」を批判するに及んで、十八日から三日間開かれた共産党の第十八回拡大中央委員会では、野坂参三が自己批判し、コミンフォルム批判を受け入れたのである。

安東仁兵衛はこのコミンフォルム批判をどうみたのか。『戦後日本共産党私記』のなかで「コミンフォルムの「野坂批判」がUP電で伝えられたのは五〇年の一月七日の夕刊であったと記憶している。見出しを見、報道を一読した私は驚きと同時に大きなよろこびが全身をつらぬいた。まったく予想もしていないことではあったが、それは百万の援軍であった」と書いている。同じ東大細胞に所属していた不破哲三は、読売新聞の「時代の証言者　共産党　不破哲三4」（二〇一〇年十一月四日、構成＝政治部・鳥山忠志）のなかで「共産党は、49年1月の衆院選で35議席を獲得して「政権獲得近し」の雰囲気になったのに、現実には労働者の首切りや弾圧の連続で、なぜ立ち上がらないのか、というイライラ感が党内に広がっていました。批判は痛烈でしたが、この限りでは納得できるんです。／「世界の共産主義運動は水準が高い」と思いました。ところが、この批判は二重底で、根底には武装闘争を押しつけるというスターリンの戦略があった。その本音が隠されていたんです」と述べている。さらに『戦後日本共産党私記』に入っている安東との対談「東大細胞の再建その他」のなかで、沖浦和光は「その時は大阪にいた。しばらくして武井

（昭夫——引用者註）君ともう一人が私のところへきた。ちょうどかなりな高熱でずっと寝ていて蒲団の中で話したのを覚えています。私はコミンフォルムについては、もちろん基本線は反占領軍の方針を明確にすべしという国際派路線だったのだが、「このコミンフォルムの批判の仕方はいかん。これでは日本の運動が大混乱に陥る。こんな調子で外部からやられたらたまらない」という考えを直感的にもった。それを武井君たちに話しました」と言っている。語っている時点、また立場で三者三様の意見の違いはあるが、コミンフォルム批判は正しいということでは共通している。

共産党はコミンフォルム批判を受け入れたが、党内対立は収まらなかった。こののち、党内の多数派であった徳田球一、志田重男らの「所感派」（「「日本の情勢について」に関する所感」に由来する）と少数派の宮本顕治、志賀義雄らの国際派（安東によれば「コミンフォルム批判を機に、ソ連共産党を中心とする国際共産主義運動に忠実たらんとするが故に、この名称が生まれた」という）に分裂した。

この五〇年の党分裂は、昭和三十年（一九五五年）七月の「第六回全国協議会」（六全協）で武装闘争方針の放棄を決議したことによって終止符が打たれる。私が全共闘運動の末端の活動家だった頃、この共産党の党分裂がよく理解できなかった。一応、国際派をスターリニズム、所感派をトロツキズムと考えることにしたのだが、それでは、戦争終結したのち、中国から帰国した所感派の野坂参三が「愛される共産党」という声明を出し、占領軍を解放軍と規定し、占領下における平和革命ができると主張したのはどう説明ができるか。『戦後日本共産党私記』のなかに次の記述がある。

だがこうした内部対立をはらみながらも四全協の開催を経て、統一会議（国際派――引用者註）は所感派にたいするいっそうはげしい分派的抗争へと突き進んでゆくのであるが、その過程で所感派と国際派との闘争方針には奇妙な〝逆転〟が見られることになった。すなわちコミンフォルム論評いらい、反帝闘争を主張する国際派を「極左冒険主義者」「ハネ上り」と批判して日常闘争を重視しつづけてきた所感派が、武装革命と軍事方針をふりかざして国際派を右翼日和見主義と非難しはじめ、これまで所感派を「右翼日和見主義」と規定してきた国際派が彼らを極左冒険主義者と呼ぶに至ったのである。コミンフォルムによる野坂の平和革命論批判を全面的に承認したとはいえ、にわかに武装闘争、軍事方針を提起しはじめた所感派の新方針は、「武器をもてあそぶ」極左冒険主義、犯罪的な誤謬としか考えられなかったからである。

国際派の安東仁兵衛からみた党の分裂が、このねじれの解説でよく分かる。この党内闘争のなかで、辻井喬は格好の獲物であった。父康次郎に敵愾心を燃やしていた彼は、その父によってもう一度癒やすことのできない屈辱を味わうのである。

4

昭和二十五年（一九五〇年）五月九日のアカハタに「東大細胞、早大第一細胞、全学連書記局細胞の解散に就て」が掲載された。東京都委員会は、五月五日、東大細胞、早大第一細胞の解散を通告し、翌六日、全学連書記局細胞の解散を通告した旨が記され、その理由としてコミンフォルム批判とその後の拡大中央委員会の決定以降、党の基本方針を否定し、分派的挑発言動を強めたからだとしている。『戦後日本共産党私記』によれば、戸塚秀夫、木村勝造によってほとんど一夜にして書き上げられた「徳田書記長の驚くべき反革命的理論」という章句を含む「東大意見書」やこの意見書をもとに、力石《ちからいし》定一、武井昭夫《てるお》、不破哲三が中心になって書いた「全学連意見書」、さらには都内の学校細胞代表者会議と党中央との公然たる論争などを指している。

このアカハタに、先にも安東の引用のなかで触れた辻井喬の党員名「横瀬郁夫」の名前がでてくる。「党中央部に対する不信の念の下に東大細胞に潜入していた戸塚、高沢（寅男——引用者註）、横瀬らのような非階級的分子と緊密な連絡をとり」というくだりだ。この「東大細胞に潜入していた……非階級的分子」とはどういうことか。

六月二十七日、党中央は国際派の指導的学生三十八名を除名にした。『資料戦後学生運動2

1950－1952』に載っている「党活動指針」（七月三日）には、東大細胞としては戸塚秀夫、高沢寅男、安東仁兵衛、木村勝造、力石定一、沖浦和光、武井昭夫らの名前があり、横瀬郁夫の名前も入っている。他の多くは、「分派的行動により党破壊を企てた」という理由による除名であった。けれども戸塚秀夫、高沢寅男、横瀬郁夫はスパイとされたのだ。五月九日のアカハタが報じた「東大細胞に潜入していた……非階級的分子」と符合している。戸塚と高沢が告発されているのは、それぞれ本富士署と渋谷署の渉外係となり、東大細胞の情報を流したためとされた。しかし『戦後日本共産党私記』では、彼らが東大入学後、細胞指導部の了承を得て、アルバイトとして両署の通訳をして情報収集にあたったことが記されている。スパイ活動が事実無根であることは明らかだった。辻井喬については「党活動指針」には次のように書かれている。

元東大細胞指導部書記の横瀬の場合はもっと悪質である。彼は一九四八年西武鉄道社長である父堤康次郎（元黒竜会幹部）の命を受け、同社の重役や、旅客係のスパイ仲俣重太と共謀して西武鉄道内の党細胞を破壊したが、翌年九月細胞が再建されると再び策動、東京都委員会に摘発されるに至った。彼はその後分派主義者に財政的援助を与える役廻りになっている。

また辻井喬の『本のある自伝』には、スパイ問題について「共産党の機関紙アカハタが、／――東大細胞内に潜入したスパイ――／という見出しで、「もと黒龍会幹部の父親の命を受けて、横瀬郁夫と名前を変えた男が大学の党組織の分派活動に狂奔している」という記事を掲載したのもその頃のことだった」という一節がある。

先ず査問があった。そしてアカハタに「東大細胞内に潜入したスパイ」の記事が出た。つぎに五月九日の東大細胞解散の記事に「東大細胞に潜入していた……非階級的分子」として名前があがった。さらに六月二十七日、除名された三十八名のなかに名前があがった。それは分派的行動による除名より、さらに不名誉なスパイ活動による除名だった。このことについて、辻井喬に聞いてみた。

——僕が党員として活動していたときに、西武鉄道の労働組合のことでアプローチしてきた人間がいる。会ってそれから連絡が取れなくなった。査問を受けた時に、こちらから連絡を取ろうとして出した葉書を統制委員が持っていた。「これは明らかに組織を攪乱しようとして君が出した葉書だと思われるけど、どうかね、覚えがあるかね」と聞かれた。彼らの目的は、東大細胞をつぶすことにあった。なにかいい材料はないかと探していた時に、ああ横瀬郁夫というのがいるぞ。親父は堤康次郎だ。これでいこう、ということになったのではないか。父は黒龍会とはなんの関係もなかった。僕を査問したのは中野降夫という統制委員だった。そのあとでアカハタに「東大細胞内に潜入したスパイ　横瀬郁夫」という記事が出た。クソッと思ったけれどもね。彼らにしてみれば、査問は一応やったぞという事実が必要だっただけで、それは形式的なもの、手続き的なものだったのだと思う。

彼に聞いた話にいくつか補足をつけておきたい。査問した人物、中野隆夫について『戦後日本共産党私記』のなかに「東大細胞の解散は五月五日、農学部の教室で開かれた細胞総会の席上であった。会議の経過は覚えていないが解散の宣告をしたのは中野という都の統制委員で宇田川事件をはじめ都内の分派狩りの責任者であった。志賀義雄の動静をつかむべく、杉並の地区委員で野田の同志であった高橋某宅の縁の下にもぐり込んで逆に摘発されるなど、蛇蝎のように嫌われていた人物である」とあり、おそらくこの人物と思われる。辻井喬は彼の名前を正確に伝えようと、「ナカノユキオ、高円寺中野の「中野」、雪が降るの「降」、夫婦の「夫」」と言った。

また私は、昭和二十五年（一九五〇年）一月から六月二十六日のマッカーサーの指令によって停刊するまでのアカハタを調べてみたが「東大細胞内に潜入したスパイ　横瀬郁夫」の記事は見つからなかった。そのかわりに五月一日から、アカハタが三版制へ移行するという記事をみつけた。アカハタは、昭和二十二年十月に日刊化して、二十四年六月からは二版制になった。つまり早版、遅版がありこの年の五月からはこれに最終版が加わった。三つのバージョンが存在したのだ。保存版としては残っていないバージョンに「東大細胞内に潜入したスパイ」の記事は掲載されたのではないだろうか。

もうひとつ、この査問の話は『彷徨の季節の中で』（一九六九年）にも出てくるが、小説では、共産党本部の統制委員会に安西与兵（安東仁兵衛）が津村甫（辻井喬）を連れて行くことになっている。事実はどうだったのかと聞くと、彼は自分ひとりで行ったと答えた。

それにしても僕の場合　スパイとしての評価も／人間としての信頼感も不安定で／疑いの目で
見られる状態が今でも続いているのは／どう分類してもはみ出る部分が残るからだろう／どこ
にいてもどこへ行っても僕は異端のまま／でも　そうしたわが身を愛しむ気持はまだない／／
僕についてはすべては曖昧と混乱のなかにあるが／だから特別居心地が悪いということではな
い／そんななかから厭がっているように首を振り／からだを左右に捩って　蛇が穴から出るよ
うに／見えてくるのは　詩はスパイにしか書けないという／自負とも高慢ともつかない言葉／
しかしそれを不用意に口にしてはいけない／なぜならそれを発してしまったとすれば／多分
僕は今以上に落着かなくなってしまうから

『自伝詩のためのエスキース』（二〇〇八年）のなかの「スパイ」の終わりの二連を引いた。若い日にスパイという烙印を捺された屈辱はずっと後退して、「どう分類してもはみ出る部分が残る」、「すべては曖昧と混乱のなかにある」詩人にして経営者であった辻井喬そのものの姿が浮かんでくるのだ。さまざまに矛盾する存在であり、すべてに開かれているのにどうしても謎の残る存在である自画像を描いているようにみえるのだ。トラウマを残しながら、スパイと呼ばれた日から自分がずっとスパイを演じ続けなければならないような。

辻井喬は無謬の党である共産党を批判し、その限界をよく知りながら、晩年に至るまで共産党とどこか親和していたようにみえる。思えば彼にスパイの烙印を捺したのは、共産党のなかの所感派であった。国際派、とくにかれの属した国際派東大細胞は彼をかばったのだ。六全協ののち、党内でヘゲモニーを握ったのは国際派であった。コミンフォルム批判の話になったあとで、辻井喬はこんな話をした。

——コミンフォルム批判で、日本共産党はソビエト連邦や中国の干渉を受けた。宮本顕治も屈服させられた。一九六六年三月、宮本顕治を団長とする日本共産党代表団がプロレタリア文化大革命直前の中国を訪問した。毛沢東は、日本でも武力闘争をやれという。宮本顕治は身体を張って抵抗した。そのとき同行した上田耕一郎から聞いた話だから本当だと思うけれど、毛沢東の威圧はすごかったらしい。喧嘩腰の会談だったという。日本共産党は、もうソ連や中国といった国際権威から独立した、自主独立の道を歩み始めていた。独立したおかげで、日本共産党は中国を批判し、北朝鮮を批判できるようになった。

他の資料にもあたってみたが、この時、毛沢東が日本でも武力闘争をやれといったことについては確認できなかった。ただ訪中時に中国と共同コミュニケをつくろうとしたが、毛沢東がソ連批判を強めるように求めてきたので、宮本顕治が突っぱねて、コミュニケがつくれなかったことは事実のようだ。しかしそのことよりも、話を聞いているうち辻井喬が東大細胞の上田耕一郎と除名された後にも相通じていたことのほうが、私には印象深く残ったのだ。

学生時代、私はよくラジオで北京放送を聞いていた。放送終了時に流れる「インターナショナル」は、途中で音程が下がる独特のものだが、それを聞きたいために周波数を合わせたのだ。そのころ毛沢東は日本共産党批判を強めて、放送では「宮本一味」という言葉が使われた。当時私たちは、敵対していた共産党の下部組織である民主青年同盟（民青）のことを、からかって「宮本一味」と呼んでいた。ある時彼らは、私たちのサークルの仲間ふたりを校舎の一室に閉じ込め数時間にわたって陰湿なリンチを加えた。その時以来、私は民青を許していない。だから辻井喬が上田耕一郎の話をした時、妙な居心地の悪さを感じたのだった。

第3章

反レッド・パージ／オルグ／新日文

1

二月二十六日（二〇一四年）、東京・帝国ホテル本館三階の「富士の間」で、「堤清二・辻井喬お別れの会」が開かれ、私も参列した。ほぼ定刻についたのだが、クロークが混雑していて会場は既に多くの人で埋まっていた。中央に辻井喬の遺影、花々で飾られた祭壇に一列二十人くらいの人が進み出て、黙礼し、白い花を一本ずつ献花し、手を合わせる。翌日の新聞によると、約二千五百名もの人たちが参列したそうだ。別れのあいさつがすむと、左の展示ブースへ誘導される。そこには、彼の著作が並べられ、幼少期から晩年にいたるまでの写真が大きく引き伸ばされて掲示されていた。一番右、最初のほうにあった写真に私は胸を衝かれた。父堤康次郎、母青山操、清二、邦子が写った家族写真である。戦前、昭和十四年（一九三九年）に、麻布広尾町に引っ越したあとの家の庭で撮られた写真だろうか。私はこの写真を見たことがなかった。ひょっとしたら生前、辻井喬は写真を公表しなかったのではないか。ただこの家族写真とおぼしいことについて、『彷徨の季節の中で』の主人公、津村甫はこんなふうに語っている。

私は三階建の邸宅を背景にした芝生の上に、父が美也を抱き、美しい母が私の手を引いて並んで立っている写真を覚えていた。それは私達が麻布に移り住んでから少し経った頃、ある婦人雑誌に載った津村家の紹介記事の中でのことであった。大分経って私は、それを読んだ〝品川の奥さん〟が怒ったという話を孫清に教わった。その写真と記事が人々に家庭生活の幸福という幻想を抱かせたとしたら、その罪は中学生の自分にもあったのではないか。

円満そうで恰幅のよい父、優しく美しい母、育ちのよさそうな美少年と美少女の四人の家族写真。戦前の上流家庭を絵に描いたような写真なのだ。けれども既に書いたように、麻布の家にはこの写真から外された母親の違う四人の男子が同居していた。引用した一節の少し前で、「大学を出れば就職し、やがて結婚して平和な小綺麗な家庭を作ってゆくという生き方に、私は本能的な反撥を抱いていた。私の心の中には家庭生活に対する深い不信感が巣食っていて、今の世の中で仕合せそうに見える家庭生活にはきっと誤魔化しがあると思っていた」と言っている。その家族写真を見て衝撃を受けたのは、辻井喬の不幸の原点を見てしまったと思ったからだ。

会場を出たところで西村眞さんと会った。二言、三言話しているうちに、彼が「あの曲はモーツァルトのピアノ協奏曲二十三番だったよね。いつか辻井さんと話していた時、彼が「モーツァルトは、二十番もいいけれど二十三番がいいね」と言ったことがあるんだ。ほら、粟津則雄さんが『雪のなかのアダージョ』で書いていたでしょう」と言った。私はアッと思った。粟津氏のその表題作「雪のなかのアダージョ」は、エッセイが書かれる三十年あまり前、父君が亡くなった時のことが書かれている。村はずれの小高い丘の中腹の墓地に埋葬したあと、粟津氏が眼下にひろがる雪の風景を眺めていたとき、不意にこの二十三番の第二楽章が聴こえてきたというのだ。

この曲はモーツァルトのピアノ協奏曲のなかでもっとも好きなもののひとつであって、おさない頃からよく聴いていたのだが、べつだんそのときモーツァルトのことを考えていたわけではない。ただ、父を失った悲しみで心をいっぱいにしていただけだ。それだけに私には、突然耳もとで響いたこの音が、自分が想い出したものとは思われなかった。一瞬私は、それが、ふもとの小学校のスピーカーか何かから聞こえてくる音だと思いこんだほどである。もちろんそういう錯覚はすぐに消えたが、音はなおも耳のなかで鳴り続け、それが、私を取り巻く風景のすべてと響きあうように感じられた。

私はこのエッセイが心に沁み、二十三番を買って一時期くりかえし聴いていた。ことに第二楽章のアダージョの物悲しく、けれどもどこか心が澄んでいくような旋律が好きだ。「お別れの会」の会場で献花を待つ間、ずっとこの曲はかかっていた。私の耳に聴こえていたのに、西村さんに言われるまでそれとは気づかなかった。「音楽も展示ブースの本も写真も、辻井さんが、亡くなる前にそれとなくこうしてほしいって言っていたことなんじゃないのかな」と彼は言った。

「そうだ。そうですね」と私も返したけれども、まだ私は、胸を衝かれたあの家族写真のことを西村さんに話すことができなかった。言葉にするには、もう少し時間を必要とする衝撃だったのだ。

2

さて、辻井喬の学生時代、初めて活字になった三十枚ほどの小説「車掌甚吉」（「金石」、昭和二十五年（一九五〇年）六月、中田郁夫のペンネームで発表）について触れておきたい。

都電の車掌を二十年勤めた甚吉は、ストライキに参加して形ばかりの賃上げを獲得するが、本人が整理解雇の対象となってしまう。営業部長の的場にかけあうが、埒があかない。やがて大学の事務員をしている甥の口ききで「小使」になる。大学でも越年資金を獲得しようとする闘争が起こった。最初はそれまでの経験から消極的だった甚吉だが、同僚が家族に「下駄を買ってやりたいと思うんだが」という声にふと心を動かされる。交渉相手を捕まえ、みんなに知らせるために駆けてきた甥に「叔父さんのような人が必要なんだよ」と言われ、事務所になっている座敷を降り、最初は片足に、そうして両足に下駄をはいて、もう一度甥が来たら、応援に出てゆこうとするところで小説は終わっている。

この話には、妻つねと赤ん坊の丈子が出てくる。つねも丈子も病弱だった。秋になってつねは、ますます元気をなくす。車掌を解雇され、日雇いで下水掃除や砂利運びの慣れない仕事をしていた甚吉が、ある日家に帰ると、つねは夕食の支度もせずに大儀そうに赤ん坊を抱いて壁に寄りかかっている。米櫃に米がなくて借りてきてほしいと言われ、いさかいになり、甚吉はプイと外に出た。かつて彼女が元気だったころ、ストで甚吉が同僚と営業所に泊まり込んでいた時、千葉あたりまで買い出しに出て、芋を差し入れたことがあった。ふだんは無口なつねが、黙っていても夫が職場で何をしているのか、分かっている気がして喜んだ。そのことを同僚に話してひやかされもした。木枯らしが吹きはじめるころ彼女は亡くなった。また丈子も消化不良で死んだ。その前後の記述を引く。

白い布をかぶって静かにひっそりとつねが寝ている。死ぬ前に甚吉は丈子をつねの枕元へつれていってやった。彼女は大儀そうに手をのばして丈子の額にさわってみ、そしてあきらめたように笑った。その笑い顔を甚吉は思い出した。彼の胸の中に憤りと悲しみがこみあげてきた。雨滴れの音はまだ続いている。

社会の底辺に生きて、妻子を死なせてしまった男の悲哀と、一度は労働運動に失望したが、もう一度運動に賭けてみようかと思い直している男の気持のゆらぎを描いている。巧みな作品というわけではないが、この小説の主題を追おうとするねばり強さというものを感じる。詩でも小説でもエッセイでも、おそらくはビジネスの世界でもねばり強さというものは辻井喬の身上のひとつではないかと思う。彼はもともと文学の才能が飛び抜けていたわけではない。私たちが学生であった一九七〇年前後、辻井喬は「詩を書く経営者」であった。あの詩のブームの時代に、彼は特に話題になる詩人ではなかった。彼が詩人として、誰の目にもはっきりと頭角を現わすのは九〇年代以降のことである。ただこのねばり強い文章のスタイルは彼がはじめから身につけていたもののようだ。

この「車掌甚吉」を、以前私は『堤清二・辻井喬フィールドノート』（一九八六年）で読んだが、そのとき「cf　朔太郎　日本の女性」と書き込みをしている。萩原朔太郎は『日本への回帰』の「日本の女性」（『萩原朔太郎全集　第十巻』所収）というエッセイのなかで、小泉八雲が蒐集し「或る女の日記」と題して発表した文章を紹介している。明治二十八年（一八九五年）から三十三年（一九〇〇年）まで、彼女の結婚から亡くなるまでの日記で、この女性はこの間、三人の子供を産み三人とも死なせ、彼女も産後の肥立ちが悪く亡くなってしまう。「楽しみもさめてはかなし春の夢」が彼女の辞世の句だという。特に教養があった女性というわけではない、普通の日本の女性である。原文の日記には「昔話」と記されていた。朔太郎は「その薄倖な生活に満足し、良人の愛に感謝しながら、すべて過去の帰らぬ「昔話」として、侘しく微笑しながら死んだ一女性のことを考へる時、たれかその可憐さに落涙を禁じ得ないものがあらうか」と書いている。「車掌甚吉」を読みながら、私は朔太郎のこの話を思い出して「cf」と書き込みを入れたのだが、もちろん辻井喬が読んでいたという根拠はない。つねが亡くなる前、わが子の額にさわり「あきらめたように笑った」という描写に「昔話」の女性との同質性を感じたのだ。

昭和二十五年（一九五〇年）五月九日に東京都委員会から東大細胞に対して解散命令が出され、六月二十七日、党中央は東大細胞の指導的立場にある党員たちを除名処分にしたことはすでに触れた。このの ち彼らは、公然と宮本顕治直系の国際派東大細胞として活動する。同年秋の学生運動は、反レッド・パージ闘争として高揚した。安東仁兵衛の『戦後日本共産党私記』によれば、東大ではレッド・パージ予定者として、文学部の出隆、森有正、中野好夫、法学部では丸山真男、辻清明、川島武宣といった人たちがリストアップされていた。十月と言明された追放スケジュールは十二月に、また翌年二、三月に延期されることになり、結局、大学におけるレッド・パージは実現されなかった。

辻井喬はすばしこく、判断力のよい活動家だったようだ。この反レッド・パージ闘争に関していえば、ふたつのエピソードがある。十月五日、東京都学連はゼネストを行い、本郷・東大構内でレッド・パージ粉砕総決起集会を決行した。都内の十一大学のスト突入校を中心に約四十校四千名が参加した。当初、大学側は警察の協力を得て、他大学生を構内に入れないようにしていた。ところが閉じられていたはずの正門が内側に開きはじめた。

この門を壊したのが辻井喬だった。『彷徨の季節の中で』で、主人公の津村甫は次のように語る。「その日の闘争が終って、安西や三谷や野尻敦子達が書記局に戻ってきてから、私はそっと錠前を出した。／「いいものを見せようか、今日の戦利品」／机の上に置かれた錠前は、握りしめていた私の汗で鈍く黒く光った。死んだ蛤《はまぐり》みたいだった。／「へえー、見ろよこれ、津村が壊したのか」安西が大きな声を出した。〔中略〕大学の指導部は党からスパイと呼ばれた私を闘争の前面に押し出すことで、代々木の本部に反撥する気構えを示し、私はその指導部の期待に応えた働きをした恰好となった」と書かれている。

また同月十七日、早稲田大学の構内で三千名を集めて反レッド・パージ等闘争の集会が開かれた時、大学当局が警官隊を導入して百四十三人が逮捕されるという事件が起こった。この時、辻井喬は応援部隊として早稲田に来ていた。彼は党費納入のノートを持っていた。『本のある自伝』には「何気なく暮れはじめた校内を見廻した時、私はデモの集団がいつの間にか遠景が真黒になるほどの大勢の警官に囲まれているのを発見した。ＣＩＥに抗議に行った時のことが想起され、彼等は周囲が暗くなったら行動を開始する計画だと直観した。必死の知恵で、私は近くの銀杏の幹に取りつき、登りはじめた。〔中略〕幸い、葉はいくらも散っていなかった。大きく枝分れしているところまで辿りつき腰を下して間もなく、私の予想よりも早く警官の襲撃がはじまった」と書かれている。彼は人気が引いたのを確認してトイレに駆け込み、党費名簿をちぎって流し、火をつけて燃やした。見回りの守衛にいぶかしがられながらも、そこを脱出したのだ。

3

反レッド・パージ闘争以前、共産党が所感派と国際派に分裂したのち、辻井喬は、国際派の城北地区のオルグになった。この城北地区とは正確には書かれていないが江戸城の北、豊島区、練馬区、板橋区、北区、荒川区を指すようである。党が分裂して、国際派は新たに池袋西口の飲み屋街の焼肉屋の二階に事務所をもった。彼は当時、「ニコヨン」と呼ばれた失業対策事業登録者の組織化を目指した。「ニコヨン」とは、二百四十円の定額日給で働く日雇労働者のことをいう。オルグに入って、彼は郡山弘史・吉江夫妻と出会い、親しくなる。『彷徨の季節の中で』では、彼らはこんなふうに描かれている。

私は以前秋田で酒問屋を営んでいたというこの峰岸に親近感を持っていた。彼は数年前九月に日本で革命が起るという共産党の話を信じて問屋の権利や家屋敷を党に寄附してしまい、身軽になったのだと私に話してくれた。「お父ちゃん正直でしょう。だから全部、本当に全部寄附しちゃったのよ」峰岸夫人は労務者達の住居になっている棟割長屋の一室で両手を拡げてそう私に説明すると大きな声で笑った。「まあいいさ、ワハハ」と峰岸も笑った。それを話す彼等の楽天的な表情と語調がはじめ私を戸惑わせ、次に近しい気持を起させた。

『郡山弘史・詩と詩論』（郡山吉江編）の年譜によれば、彼は明治三十五年（一九〇二年）生まれ。東北学院専門部英文学科（現東北学院大学）卒業後、朝鮮京城府立第一普通高校教師となるが、昭和五年（一九三〇年）上京し、日本プロレタリア作家同盟プロレタリア詩会員となる。のち「日本浪曼派」同人。出版社、新聞社に勤め、また戦時中、故郷宮城に帰り、教師となる。戦後、日本共産党入党。再上京して、失業対策事業登録者となる。昭和三十六年（一九六一年）共産党離党。昭和四十一年（一九六六年）に亡くなった。生前唯一の詩集として『歪める月』（大正十五年（一九二六年））があり、『日本現代詩大系　第八巻』にこの抄録、また中原龍吉のペンネームで書かれた「同志カルミコフにおくる」が収録されている。この年譜には書かれていないが、辻井喬の言うとおり、別の証言から親譲りの財産を党のために使ったことがわかる。

『郡山弘史・詩と詩論』のなかに「風太郎詩集抄」がある。「風太郎」とは、「ニコヨン」である自分のことを指しているだろう。全三章からなる「アヒル」という詩の「Ｉ」を引く。

どぶにそつて／まい日　まい日移動する／だから　おいらはおいらをアヒルとよんでいる／／アヒルはどこからきたか／たれも来歴を口にしない／六十のぢいさんも／はたちの若者も／ここでは　みんなアヒルである／／ジヨレンをかつぎ／シヤベルをにぎり／鼻うたとわい談と／

漫才はだしのユーモアとで／なかよく　どぶをかいている／／大都会東京の／臓物をかいている／／臓物は掻けばかくほど／臭い／／あるものはほそぼそと／あるものは崩れおちて醜く／あるものはあふれ／まがりくねり／あるものは潜行し／／蹴とばせば　はね返る薄板の下でも／ぶ厚い人造石の下でも／この臓物は　腐りつづける／／アヒルどもがやつてくるまで／腐りつづける／大東京の血管がどす黒く腐りつづけている／この臓物どもは／掻けばかくほど臭い

六十歳の老人も、二十歳の若者も、ここでは平等にアヒルで、鋤簾《じょれん》をかつぎシャベルを握る。大都会東京の吐き出す腐った臭い臓物を、きれいに洗い流してやるのが自分たちの仕事だ。溝さらいを鼻唄と猥談と漫才のようなユーモアでやってのけるというのが作品の趣旨だろうけれども、果たしてそのようにできているかがこの詩の眼目となる。

辻井喬は『群青・わが黙示』のなかでも「ほんとうに革命がくると信じて／親からもらった商家を売ってしまった男の話を聞いた」と郡山弘史のことを書いているが、「ノイズとしての鎮魂曲（あとがきにかえて）」のなかで、「三島由紀夫の業績と行動は、昭和の文学を考える場合、また詩の形式によって私史を書く場合、私にとっては無視できない存在であった。その対極に私は郡山弘史という人を置いて考えてみた。氏は無名の人だが実在の人物で、理想のために漂泊を厭わなかった見事な逸民であった」と述べている。

おそらくオルグはある程度うまくいって、郡山夫妻を中心に何事によらず相談できる組織ができ、辻井喬は練馬区桜台にあった彼等夫妻の小さな住まいに何日も泊めてもらうまでになった。もっとも「見事な逸民」といっても、郡山弘史が上京したのは、文学がやりたいためであっただろう。辻井喬は、この時期、新日本文学会の仕事にも関わった。郡山弘史との出会いはこの事務局の紹介による。「新日本文学」創刊当初、彼は宮城支部長を務めていた。

4

新日本文学会は、昭和二十年（一九四五年）十二月、蔵原惟人、壺井繁治、徳永直、中野重治、宮本百合子ら、かつてのプロレタリア文学系の作家・詩人たちを発起人として結成され、翌二十一年三月に「新日本文学」（「新日文」）創刊号を刊行した。日本共産党が主導したとはいえ、同年創刊された「近代文学」のグループや志賀直哉、広津和郎、阿部知二、中島健蔵らも加わった。ゆるく広く民主主義勢力を結集しようとした雑誌だった。辻井喬が「新日文」の編集や校正を手伝い、伊藤整や武田泰淳らへの原稿依頼をした昭和二十五年（一九五〇年）から翌年にかけては、中野重治が編集長だった。この時期、党が分裂し、それが「新日文」にも鋭敏に反映して、島尾敏雄の「ちっぽけなアバンチュール」（五〇年五月号）が階級制に欠ける小市民的な小説と槍玉にあげられ、「新日文」に対抗して所感派が「人民文学」を刊行した時期でもあった。

三年前（二〇一一年）の七月、辻井喬から話を聞く少し前、私も同人である「歴程」の会合の帰り、私は雑談のなかで長谷川龍生から「武井昭夫は文学が分からなかった」という話を聞いた。武井昭夫は文芸評論を志していた。だから党が分裂した時期、「新日文」とも関わっていた。武井昭夫という名前を聞いて、私などがすぐに思い浮かべるのは、全学連の初代の「輝ける委員長」であり、吉本隆明の『文学者の戦争責任』の共著者であったということだ。もうひとつ個人的な思い出で言えば、私が大学一年か二年のころ、大学構内で彼が関わる「思想運動」という機関紙（「思想運動」という紙名がやけに大きい活字で組まれていたことを覚えている）が大量に配られていたことだ。おそらく私はそれを熟読したのだと思う。それは当時、私たちが関わった全共闘運動とはズレがあると思った。私の武井昭夫に対する関心はそこで終わっているのだが、辻井喬の『本のある自伝』では、同じ国際派東大細胞であったため何度か名前が出てくる。私は彼が武井昭夫をどう思っているのか聞いてみたかった。辻井喬の意見はきびしいものだった。

――僕は「新日文」に一年くらいいたと思う。その頃のことはよく知っているが、武井昭夫はまったく文学の分からない男だと思っている。彼は自分が文学を分からない人間だという自覚がなかった。編集会議に出てきて滔滔とぶつ。普段はノーマルな人間だが、自分の意見をしゃべりだすと目はつりあがり、宙を見すえて三十分でも、四十分でもしゃべり続けている。人がどれだけ理解しているかはおかまいなしだ。「新日文」でたたかわされる、武井や水野明善などの議論は、まあ理論の空中戦とでもいうか、そうした種類のものだった。当時の僕はまったく歯がたたなかった。自信喪失の一年だった。その議論をたしなめることができたのは中野重治だけだった。『郡山弘史・詩と詩論』の編者、郡山吉江の書いた「あとがき」には、郡山弘史の詩を武井昭夫が改竄して「新日文」に発表したことが記されている。いくらか整理して書く。弘史の通夜に中野重治、栗栖継が来た。息子の勝利は、父が「ニコヨン」の詩をいくつか書き、栗栖を通じて中野に批評を頼んだ。その詩は「新日文」の昭和二十九年（一九五四年）四月号に掲載されたが、改竄されたものであったため、以降、弘史は詩を書かなくなったと言った。中野は驚き、自分はその詩を見ておらず、改竄もしていないと言った。この経緯について、栗栖から弘史への来信（葉書）が四通残っている。二十八年十二月四日、弘史が栗栖を通して中野に送った詩稿は、彼が旅行中なので「新日文」に郵送したこと。率直に言ってあまりいいものとは思えないこと。十二月三十一日、編集部の檜山君（この時期の「新日文」の編集部員は武井、檜山久雄、久保田千春。また同年四月から編集部責任者は花田清輝。五三年七月から編集委員は大西巨人、秋山清、菊池章一、佐多稲子、佐々木基一、寺田透、大井正、西野辰吉、平野謙）に会ったが、自分と同意見。ただ現在あまりいい詩がないので、掲載したいこと。二十九年三月二十三日、「新日文」四月号に載った詩をみて、記憶が薄れているが少し変だと思ったこと。芸術作品について作者の了解なしにこういうことはすべきでないこと。

おおむね以上の経緯を述べたあとで、郡山吉江は「郡山は長い間中野さんに対して、尊敬と信頼をもっていたので、中野さんの意見で改作されたものと思っていたのかも知れない。その時直接中野さんに会えばよかったのにと、残念でならない。当時、日本共産党の五〇年分裂問題で「新日文」の編集担当者は武井という全学連出身の若者であった」と書いている。

「新日文」に掲載された「にこよん詩集抄」とは、『郡山弘史・詩と詩論』に収められた全四章からなる「雨」、また私が第一章を引用した「アヒル」の一部をとって合体し、手を加えたものである。もともと、この「雨」と「アヒル」の全部が送られたものであるのか、一部なのかは分からない。もちろん編集部が原稿を勝手に改竄するなど論外のことで、掲載の基準に達していなければ、不掲載にすればよいだけのことだ。これは武井昭夫の独断で行われたことなのだろうか。当時の編集委員をみていると、「新日文」がそんないい加減な組織だったとは思いたくない。

安東仁兵衛の『戦後日本共産党私記』によれば、昭和二十六年(一九五一年)春先、国際派東大細胞内でスパイ査問・リンチ事件が起こる。「スパイ」と目されたのは、細胞の指導的メンバーであった戸塚秀夫、不破哲三、高沢寅男らであった。高沢については手をくだされることなく、下宿での蟄居を命じられただけだが、戸塚、不破に対する査問・リンチは、約二カ月にわたって執拗に続けられた。「訊問は武井がやっていた。すでに武井の口のきき方は同志でもなければ対等でも普通でもなかった。不破の答え方も目上の者に対するそれになっていた。突如、武井の手が不破の顔面に飛び、なぐり飛ばされた不破の眼鏡がコンクリートの床の上で音を立てて滑った」と書かれている。

安東もリンチに加わった。「私もついに戸塚に数発手を下した。「手を下す」などといった生易しいものではなかった。今から考えてその瞬間のこの私の心理を説明しきることはできないが、恐らく、自分を保護しようとする気持が働いたのではないか。つまり自分だけが手を下さないでいることによって生ずる他の同志たちの目を意識したに違いない」と述べている。こうした一節を読んでいると鮎川信夫がいう「より過激なものが残り、より人間的なものが消されていく」

（「連合赤軍・永田洋子の手記」、『時代を読む』所収）という連合赤軍事件のリアルさが思い出される。国際派東大細胞も、精神的には同じような状態にあったのだ。

査問・リンチのなかで、ついに戸塚秀夫は睡眠薬を飲んで自殺を図ったが未遂に終わる。武井昭夫はこれも芝居であると言って受けつけなかった。結局、戸塚、不破が相手方のスパイと接触したという日のアリバイが見つかった。最終的には、戸塚の死を覚悟して書いた「手記」をみた宮本顕治が「スパイにこうした文章が書けるものではない」との評価を下したという。

この事件のなかで辻井喬も査問を受ける。「彼の査問には私が当ることになり、図書館内の人目に触れぬ場所に彼を呼び出したことを覚えている。こちらの査問も型通りのものであり、彼も、「査問されるだろうと思っていた」と言わんばかりに落ち着きはらっていた」と安東は記している。

私が知り得た情報は、いずれも武井と同じ、当時の共産党国際派あるいはその近傍にいた人たちのもので、別の立場からみたらまた違う見えかたがあるのかもしれない。けれども私は、全学連の初代の「輝ける委員長」であった武井昭夫という人物にはもう関心をなくしてしまった。彼自身のこの事件についてのコメントは、二〇一〇年に亡くなるまでなかったようだ。

国際派東大細胞はスパイ査問・リンチ事件を潜るなかで大きな打撃を受けた。昭和二十六年（一九五一年）の八月十日、コミンフォルム機関紙に「「分派主義者にたいする闘争にかんする決議」について」が掲載された。二月に非合法で開催された第四回全国協議会（四全協）で臨時中央指導部（所感派）が「党と人民の団結を内部から破壊し客観的に民族の敵をたすけるいっさいの分派主義者を、わが陣営内にとどまらせることはできない」、「党内にのこるいっさいの分派主義者、およびかれらにつうずる中道派分子にたいし最後の勧告をおこない、徹底的な自己批判と党規律への服従を要求し、これにしたがわないもののだんこたる処断をわが臨時中央指導部に一任する」との決議を採択した。これをコミンフォルムが全面的に支持し、「若干の共産党員の分派活動は日米反動を利益するにすぎない」と論評した。コミンフォルムは、所感派を支持し、国際派を断罪したのだ。

四全協は、中国共産党の抗日戦術に倣って反米武装闘争の方針を決定した。さらに十月に開かれた五全協では、「日本共産党の当面の要求――新しい綱領」が採択された。「日本の解放と民主的変革を、平和な手段によって達成しうると考えるのはまちがいである。／労働者と農民の生活を、根本的に改善し、また、日本を奴隷の状態から解放し、国民を窮乏の状態から救うためには、反動勢力にたいし、吉田政府にたいし、国民の真剣な革命的斗争を組織しなければならない。すなわち、反動吉田政府を打倒し、新しい民族解放民主政府のために道を開き、そして占領制度をなくする条件を作らなければならない。これ以外に行く道はない」として、「山村工作隊」や「中核自衛隊」などの非合法組織がつくられた。こうした武装闘争方針は、国民の支持を得られず、翌昭和二十七年（一九五二年）十月の衆議院総選挙では、共産党は全員が落選した。共産党の混迷のなかで、国際派東大細胞は崩壊した。この敗北と軌を一にするように辻井喬は個人的な挫折を味わう。
辻井喬は反レッド・パージ闘争などの学生運動、また城北地区のオルグ活動、「新日文」の編集の手伝いに加えて、この年の夏ごろからは農林省や内閣統計局の労働組合の女性たちを対象に月二回の「日本近代文学史」の講座を持つことになった。「教えることは、即学ぶこと」と理解した彼は、これにも熱心だった。「父に烈しい敵愾心を燃やして」入党した共産党ではあったが、かなりなオーバーワークがたたったのだろう。昭和二十六年（一九五一年）十月の末、彼は洗面器いっぱいの喀血をした。高熱が続き、何度も喀血をくりかえした。それは辻井喬が味わった大きな挫折であった。

註　二月二十六日（二〇一四年）の「堤清二・辻井喬　お別れの会」の記述について、セゾン文化財団の久保田克宏氏に問い合わせたところ、展示ブースの一番右、最初のほうにあった写真は、麻布広尾町の自宅の庭ではなく、どこか東京郊外で撮られた写真だという回答をいただいた。大きな杉の木を背景に堤康次郎、操、清二、邦子の四人のほかに氏名不詳の男女二人が写っている。この時、清二は国立学園の制服を着ていたという。また会場では、故人が好きだったモーツァルトのピアノ協奏曲二十三番第二楽章と同二十番第二楽章を交互にBGMとして流していたという。

第4章

〈辻井喬〉の誕生

1

もう三十年以上、私は東京・新宿区西落合に住んでいる。一九八〇年代の終わりの何年か、息子が地元の少年野球チームに入っていて、世話になっているという理由でコーチを引き受けていた。ある時、コーチの飲み会の席上でこんな話が聞こえてきた。

——堤清二ってどんな奴なんだい。学生時代は共産党に入って学生運動をやっていたのに、いつの間にか西武の社長におさまっている。なんとかいうペンネームで詩や小説も書いているらしい。新聞なんかじゃ、ずいぶん革新的なことを書いているのに、世界一の金持ちっていうじゃないか。

——いやあ、金持ちには違いないが、世界一の金持ちは腹ちがいの弟の堤義明のほうだよ。兄貴はデパート、弟が西武鉄道。昔の「肥溜電車」。それにしてもふたりは、なんか仲が悪いらしいんだけど、どっちにしたってうさんくさいよ。

西落合は、西武池袋線と西武新宿線とにはさまれたポテンヒットが落ちるような場所にある。最近は都営大江戸線が開通して便利になったが、そのころは池袋線でいえば東長崎、新宿線でいえば中井が最寄り駅といえるがいずれも十数分は歩く。新宿区という「都会」のイメージからするならば、微妙に不便なところなのだ。池袋の西武百貨店に行くのなら、バスのほうが便がいい。この話をした私より何歳か年長のコーチたちは、親の代からこの地に住む人たちで、自分たちの町が昔よりずっと西武の色に染められていくのが面白くなかった。少年野球チームに入っている子供たちの半分は巨人ファンだが、半分は西武ファンだった。鉄道やデパートだけでなく、野球にまで西武が割り込んできたことが、彼らの気に入らなかったようなのだ。

まだそのころ、辻井喬は私のなかでは「詩を書く経営者」であった。事情にうとかった私は「世界一の金持ち」は、どこかで読んだ覚えがあったが「肥溜電車」は知らなかった。一九八七年、堤義明はアメリカの経済誌「フォーブス」で世界一の富豪とランクづけされ、バブル景気が崩壊するまでは一位、二位を争っていた。また『堤康次郎』によれば、戦時中、郊外の農村は食糧増産に努めたが、肥料不足で困っていた。一方、東京都民の糞尿は東京湾の真ん中に捨てられていたが、ガソリンの消費規制が強化されたため、輸送のためのトラックも船も動かすことが困難になった。そのため東京の糞尿問題が深刻化したが、肥料不足で困っていた農村に糞尿を輸送すれば、これらの問題は一挙に解決する。堤康次郎は社内の反対を押し切って、東京都の要請を受け、昭和十九年（一九四四年）六月から武蔵野鉄道（現西武池袋線）、旧西武鉄道（現西武新宿線）で深夜に「糞尿電車」を走らせた。この輸送は、昭和二十八年（一九五三年）三月まで続いた。

自分たちは、西落合というぱっとしない場所で商売や事業をやっているのに、かつて「糞尿電車」を走らせた堤康次郎の息子たちは、ずいぶんと派手な事業展開をしているという、やっかみのような感情が彼らのなかにはあっただろう。もっとも彼らの幼少期、「糞尿電車」のおかげで食糧難の時代を生き延びてこられたはずだが。

2

辻井喬の肺結核は、『本のある自伝』によれば医師から「生命をとり止めたら神様に感謝していただかないと」といわれるほど重篤だった（もっとも別のところで、そんなふうに脅かされたとも書いている）。しかしそのころから、結核の特効薬である抗生物質ストレプトマイシンがわが国でも治療に用いられるようになった。このストレプトマイシンが劇的な効果をあげ、注射をはじめて三日目には、血痰がとまり、熱も三十七度台に下がった。それでも発病した昭和二十六年（一九五一年）十月から翌二十七年にかけて、病臥の時期が続いた。

昭和二十七年という年は、四月二十八日、サンフランシスコ講和条約が発効し、わが国が主権を回復した年であった。しかし五月一日に皇居前広場を占拠したデモ隊と警官隊の間で激しい衝突となった血のメーデー事件が起こり、共産党は五全協の武装闘争方針にそって、山村工作隊による地主襲撃事件、また火炎瓶闘争を行った。そうした騒然たる時代のなかで、辻井喬はまったくの部外者であった。この年の夏、彼は軽井沢で転地療養をして過ごした。週一回、診療所で気胸療法を受ける以外は、無理のない読書と散歩をすること以外にやることがなかった。朝日新聞の「堤清二　辻井喬の世界」（一九九四年九月五日〜八日）というインタビュー記事の初回にこのころの写真が載っている。横向きの写真で右手にラケットをもっていて、さびしげに微笑しているように見える。党から離れ、社会のなかでの自分の居場所のないことがひしひしと伝わってくるような写真なのだ。第一詩集『不確かな朝』（一九五五年）のなかから、もっとも早い時期に書かれたと思われるソネット「白い塩」を引く。

怒つたり悲しんだりして
私の掌には
一握りの白い塩が残つた

風琴の音や魚の臭がする白い塩は
碧い波濤の末裔
輝やかしい夏の記憶もあれば
時として貝殻の色を放つ

白い塩は苦い
人々が「人世の悲哀」と呼ぶ衣裳にくるんで
谷へ捨ててしまえば

それは「自由」と言うものだ——。

私は罅割れた大地に立って
白い塩を握りしめる
苦い味わいを味うために

この怒りや悲しみが、党からスパイの嫌疑をかけられたことによるのか、国際派東大細胞の解体と自らの肺結核罹患との二重の挫折によるのか、あるいは複雑な家庭環境が関わっているのか、また他の問題も含めた複合した思いによるのか、ともかくも掌のなかのひとつかみの塩としてそれは表現された。彼は少年時代、母操の影響を受けて短歌を作ってはいたが、戦争終結を機にやめていた。「時代が突き付けるものと対峙して」(『辻井喬全詩集』栞、二〇〇九年)というインタビューの冒頭で、肺結核に罹ったあと詩を書きはじめたきっかけについて「それはきわめて単純で、物理的な理由です。小説のように長いものを書けるような健康状態ではなかったということ。お医者さんが詩のことをあまりご存知なかったので、「詩なら短くていいでしょう」と(笑)。そのとき許可が降りたのが、詩と漫画を読むことでした。ですからきわめて文学とは離れた理由でまず詩を読みはじめた。読みはじめるようになったので、これならぼくにも書けるだろうと思ってノートをとりはじめました」と言っている。そのノートを友人の木島始に見せたことがきっかけで、『不確かな朝』がユリイカから出版されることになるのだ。

話を少し前に戻すことにする。『彷徨の季節の中で』の末尾に近く、主人公の津村甫が父孫次郎宛に除籍を願い出るくだりがある。このくだりは、甫が党活動に挫折し、結核で療養生活を送り、大学に復学を決めたあとということになっている。しかし『本のある自伝』によれば、それは大学を出て間もなく、まだ党活動を続けている時であった。「今般、私は思うところがあって家を離れたいと思います。今日まで育て学校にも行かせていただいたことは心から御礼申し上げます。その気持に偽りはありませんが、私は一人になってしっかり自分の生き方を考えてみたいのです。御心配をおかけするのではないかと心が痛みますが、どうか私の我儘をお許し下さい。尚、私は今後、家の財産とか相続についての権利等、一切関心もなく放棄致します」。

こうした除籍願を出したにもかかわらず、自分は病に倒れ、親の庇護から抜け出ていない。そのことが、彼には負い目になっただろう。昭和二十八年（一九五三年）四月、辻井喬は、自分の居場所を定めるため、東大文学部国文学科に学士入学（五五年に中退）する。同じ四月に「バカヤロー解散」を受けた衆議院選挙が行われ、吉田茂率いる自由党は少数与党に転落した。この時、堤康次郎は改進党に属していた。五月の国会召集日、重光葵《まもる》率いる改進党は重光政権樹立を模索したが実現しなかった。ただ『堤康次郎』によれば、この過程で、野党のなかで衆議院議長を改進党から、副議長を左派社会党から選出する案が出された。何人かの候補者のなかから、重光葵は堤康次郎に衆議院議長を要請、彼は自由党の推した候補を破って第四十四代議長に選任された。

『本のある自伝』によれば、「急なことで秘書の体制も整わず、手が足りない様子を見ていて私の自惚れと軽薄な性質が動き出してしまった。／六月に入ったある日、私は母屋に出向いて、／「僕は今何もすることがありませんから、よかったら手伝ってもいいんですが」／と名乗り出たのだった」と書かれている。「私の自惚れと軽薄な性質」という韜晦した言いかたは誤解をまねく。もちろん、病に倒れ、親の庇護から抜け出ていないという負い目はあっただろう。ただそれだけでなく、「御大」をとりまく連中のあわてかたが、共産党員でオルグ体験をもつ辻井喬には見ておれなかった。また左翼であるからなおのこと、政治を見知っておきたい好奇心にかられたのだと言っておけばよかったのではないか。辻井喬の議員秘書時代は、西武百貨店に入社する翌二十九年（一九五四年）九月までの一年三カ月であった。そこは肺結核を発病する以前の共産党時代とは正反対の、政治の中枢にかかわるところであった。

3

辻井喬に、『彷徨の季節の中で』の続編として書かれた「若さよ膝を折れ」（「新潮」一九七〇年五月号）というエリュアールの詩句を借りた作品がある。『彷徨の季節の中で』が生い立ちからはじめて学生運動を中心とした自伝的小説とするならば、「若さよ膝を折れ」は、父堤康次郎の議員秘書時代をモデルとした小説である。この小説は、雑誌に発表されたまま、『辻井喬コレクション 1』（二〇〇二年）に収められるまで、単行本には収められなかった。

『辻井喬全詩集』の「年譜」によれば、宮中での衆議院議長認証式に父康次郎が正妻ではない母操を同伴したことが問題となった。長く別居はしていたが、それまでの戸籍上の妻は、川崎文であった。彼女は大隈重信が主宰する「新日本」の編集者で平塚らいてふたちと交友があった。『本のある自伝』によれば、問題提起の中心は平林たい子で、この問題の折衝にあたったのが辻井喬であった。もっとも上野千鶴子との対談『ポスト消費社会のゆくえ』ではそれ以前、「別の秘書が一度訪ねていて、「広告費をいくら出せば、記事をストップしてくれるか」とお金で収拾を図ろうと直談判」して、相手方の逆鱗に触れていたという。『本のある自伝』には「私は暑い日、たしか神田の小川町の近くにあったある婦人新聞の社屋へ平林たい子を訪ねた。狭い木の階段を鳴らして二階に上ると、三人ほどの風格のある婦人が待ち受けていた。私は質問に答えて事実をありのまま述べ、／「皆さんの御意見はもっともであり、間違っているのは父の方です」／と答えた。／「しかし皆さんの主張を徹底されれば私の母は傷つくのです」／そう言ってしまってから、正義のためには犠牲者が出ても仕方ないという性質の事ではないのではないかと一気に陳述した。／「ふうん、それであなた、どうするつもり」／平林たい子が、最初の時とは少し違った表情で私を覗きこんだ。／「今の制度の上に立つなら間違いは間違いです。父に改めさせますのでひと月時間を下さい。どういうふうに改めるのかは彼が決めることですが」／そう私は突き放したものの言い方をした。三人の女の人は頷き合うようにして私の申し出を受けてくれた」。結果として、堤康次郎は川崎文に慰謝料を支払い、彼女と離縁して、青山操を正式の妻に迎えた。「若さよ膝を折れ」でも、このことは小説のテーマのひとつとなっている。この小説にも『彷徨の季節の中で』を読んだ時と同じような、主人公、津村甫の暗く鬱屈とした、行き場のない感情がみられる。たとえば、この問題がもちあがったとき彼は「今までの不身持と横暴の酬いが重なって来ているのだから、私の心中には父にむかって「小気味よし」と快哉を叫びたい復仇の感情もあった。〔中略〕自分はおそらく父の醜聞を打消す為に何事かをするようになるだろう、と他人事のように私は考え続けた。厭い続けて来た肉親の絆は、以前よりも強く私を捕えて離さないのであろうか」とつぶやく。また「私は女編集長の俄かに優しげになった眼差が浴せた軽蔑の余韻の中で踠いていた。秘書になった理由として、私がそれまで自分に言い聞せて来た自己弁護の着物を、彼女は私の身体から剥ぎ取ってしまった。理想に背を向け、脱落した者達にだけ通じ合う目立たない毒矢を、彼女は私に向けて放ったようであった。彼女は戦前の転向者かもしれない」という一節。この「女編集長」は平林たい子の経歴と重なるようだが、先の『本のある自伝』よりは、ずっと意地の悪い目で主人公は見られている。はたしてこれが潤色によるものか、私には判定できない。

それにしても「若さよ膝を折れ」には、いたるところに「転向」についての意見がさしはさまれている。

私は、「僕が手伝う事で、親父の動きを少しでもいい方向に誘導する事が出来ればと思うんだけどね」と、必要もないのに妹の美也にまで秘書になった理由を弁解がましく説明した。多分私は自分を納得させたかったのだと思う。除名される迄の比較的短い時間の、目立たぬ一構成員にすぎなかったけれども、革命的な活動に熱中していた大学生の時代、そしてそれ以前の少年時代の想い出に還って行こうとする感傷と別れて、私はともかく一人の生活者になりきろうと考えていた。それは私の無気力の思想的結果であったろうか、或いは環境に向って、居直ってみせた一種の擬態であったのだろうか、幼虫が蝶になる前に一時固い殻を附けて眠りに入るように。

辻井喬は『本のある自伝』で共産党について「あの組織は私をスパイと罵倒し除名したのだ。それはいい。中央委員がマッカーサーから追放を命じられ、必死の戦いの中でのことなのだからそれは許す。しかし、復党を働きかけてくることは許せないと思った」と述べている。一方で「僕は死んでも反共主義者にはならない」とも思ったということについては既に述べた。病の癒えた彼は「ともかく一人の生活者になりきろう」としたのだ。ただ父康次郎への警戒心を解いたわけではなかった。「若さよ膝を折れ」では「心ならずも、という表現は何を意味しているのであろう。／うまく生きて行く為に、本当は間違っていると思いながら、周囲の大勢に従う処世術を指すのならば、私は自分に「心ならずも」という言い訳を許してはならないのだ。／共産党が私を拒否し、父が私に温情をもって臨んだとしても、私は革命を希う者らしく更に絶望的な努力を続けるべきであったのだ。温情を示す事で、父は党よりもひどく私を侮辱したのだから」と言っている。

堤康次郎は昭和二十九年（一九五四年）十二月、総辞職した第五次吉田茂内閣の後を受けた第一次鳩山一郎内閣が成立して、衆議院議長を辞任した。『堤康次郎』によれば、彼は議長時代に保守合同に情熱を燃やした。合同構想は挫折を繰り返しながら、翌三十年十一月、日本民主党（一九五四年十一月、改進党、日本自由党、自由党の鳩山・岸派などで結党）と自由党が合同して自由民主党を結成した。これより先、左右両派の社会党が統一して社会党を結成し、ここに「五十五年体制」ができあがるのである。

私は『叙情と闘争――辻井喬＋堤清二回顧録』（二〇〇九年）を読んでいて、議員秘書時代、父康次郎を通じて、彼が池田勇人、佐藤栄作、大平正芳、宮沢喜一ら歴代首相をはじめ多くの政界人の知遇を得たことを知っていささか驚いた。多くは保守系の政治家だが、そのなかでも辻井喬がどのような政治家が好きであったかは、読んでいくうちに自ずと分かってくる。ここでも彼は本質的なところで、自らが左翼であるというスタンスを変えてはいない。議員秘書時代はまた、彼のもうひとつの大学だったのだ。

セゾングループでは、新書判の「堤清二発言シリーズ」という講演や対談、インタビューが収められた不定期刊の冊子（非売品）が配布されていた。その何冊かを私は友人から譲り受けた。第十九集『終始自分自身を否定する永久革命こそ経営持続の基本』（一九八七年）には、「平凡パンチ」（一九八六年四月七日号）での内田裕也との対談「これからの時代――音楽が疾走する、文学は後からついていく」が収められている。対談の前段で、内田裕也は、自分はロックの世界をオルガナイズしてきた人間だからアーティストとしての側面と、ジョン・レノンやミック・ジャガーに来日を呼びかけるプロモーターとしての側面の仕事もやってきた。自分の立場としてそうした二面性をもったがために、陰でイベント屋と呼ばれて口惜しい思いもしてきた。堤さんは企業のリーダーでありながら、詩や小説を書く二面性をもっている。自分のことを重ねてそのことに興味があるという。そしてこんなふうに問うている。

裕也　それは若い時の影響というのはありませんか。遠慮なく聞かせていただきますが、堤さんは大学生の時に共産党員であったわけですね。そしてその中から、一種の自己批判と挫折があって、お父さんから百貨店をやってみないかと言われた。そして今の世界に入ったと聞いています。それでいて資本主義の中で、今おっしゃったように、財界からお前はなんだと言われる変なポジションにいながら堂々としている。アーティストであり、企業のリーダーであるということにジレンマはありませんか。

堤　私もよくわからないけれど、思想についてどこかでボタンを掛け違えたのは、日本だけでしょう。思想というと、例えば思想問題という言葉が今でもありますね。昔は、危険である共産主義思想が惹き起こす問題を、思想問題といったんです。そういう風に使ったから、思想ということが特別の響き、ニュアンスを持って未だにつながっている。感性と思想を分離すること自体が、ものすごく無茶なことです、そのボタンの掛け違いをいま直さないとね。〔中略〕で、自分のことを考えると、コミュニストであった頃は思想と感性を一応分離して、感性の要素が入るのは恥ずべきこと、思想にとっては純粋性を欠くものなんだというような感じがあった。例えばマルクス主義者なんだから、ジャズが好きだなんて言ったら、俺には思想的に弱いところがあるんだという風な。だから自分の感性を押し殺し、押し殺ししてね。やっぱりそれは長く続かない。

裕也　失礼ですが、堤さんは転向したという自覚はお持ちですか。

堤　思想的転向という面もあるんだろうけれども、私の場合はむしろ、ボタンの掛け違いを直したということです。しかし、自分自身をリリースするには、なかなか時間かかりますね。いっぺん最初に入ってしまったものを乗り越えるというのは非常に苦労します。私のものの考え方には、弁証法的な構造というのはどうしても抜けないところがあって、今ものを書いたりする時は、むしろ思想を抜かして書くようなことをやらないと、おかしなことになってくる。この点で内田さん以後の世代は、意識操作をしなくても、映像や音を作っていける。自分の作りたいように作っていると、自然に出来てしまうようなことではないかな。

「遠慮なく聞かせていただきますが」、「失礼ですが」と言って、内田裕也は直截に転向問題に切り込もうとしている。堤清二は「私もよくわからないけれど」、「思想的転向という面もあるんだろうけれども」と前置きしながら「ボタンの掛け違い」を言う。コミュニストとしては、思想と感性は分けて思考するように訓練されていた。帝国主義的退廃文化であるジャズが好きだなんてことを言ったら、思想的に弱いといわれるような環境にあった。事実、先に触れた国際派東大細胞のスパイ査問・リンチ事件で、ジャズを英語で口ずさんだ、西部劇映画が好きだったというだけで嫌疑をかけられた者がいたのだ。

もっともここで堤清二は、「転向」について納得がいくような応答をしていない。それは彼が問いかけをはぐらかしたいと思ったからということではなく、ひとに語ることが困難な問題だったからではないのか。

4

辻井喬は、父康次郎の衆議院議長辞任以前の昭和二十九年（一九五四年）九月、池袋の西武百貨店に「営業部付」として入社した。『セゾンの歴史　上巻』によれば、当初、彼は積極的に百貨店に行きたいと思ったのではなかったという。辻井喬にしてみれば、無援のなかで、ともかく一人の生活者となろうとしたのだ。「自分を活かしてくれる処ならばどこでもいいという気持ちだった」という。そこは、それまでの天下国家を論じるところではなく、商人《あきんど》の世界であった。目配り、表情、発声、物腰、仕草のまったく異なる世界に入ったのだ。かつて共産党に入党したころ、一党員としてビラ張り、水害救援、オルグ活動といった地道な活動を続けたように、彼は書籍、食品、衣料などいくつかの売り場を担当した。彼は西武百貨店に入るにあたって、父康次郎に労働組合（従業員組合）の設立を条件のひとつにしたといわれている。もうひとつ、商人に学問はいらんという康次郎の方針に異を唱えて、男子学卒社員の公募を行った。

労働組合については、父康次郎はじめ多くの幹部は温情主義・家族主義的で、それがないことを誇りとする気風があった。しかし一方で属人的な人事管理、給与体系の未整備、無休の長時間労働など大きな問題があったため、辻井喬は康次郎らを説得した。彼が入社三カ月後の十二月に組合員七百名による西武百貨店従業員組合が設立された。驚くべき速さだが、組合規約の草案、運営方針について準備したのは、当時一社員であったとしても、経営者の立場にあった辻井喬本人であったというからなおのこと驚く。

上野千鶴子との対談『ポスト消費社会のゆくえ』のなかで、この組合設立の経緯が語られていて興味深い。まず社員から反対の声が上がった。「東京へ行って何をやってもいいが、労働運動だけはやるな」と言った親父に合わせる顔がない。また幹部は組合は認めたが、「男だけの組合にしろ」と言った。女子社員が九割を占める職場でそれはできないと反論すると、それでは「運転手と電話交換手と秘書ははずせ」と迫った。敵対する労使関係を作るのではなく、労使が協調していくために必要なのだと説得を続けたという。

また男子社員の公募については、昭和三十一年（一九五六年）から実施された。『セゾンの歴史上巻』によれば、辻井喬は「百貨店の将来の長期的な成長と革新の遂行のためには、創造的な能力のある男子社員とくに高等教育を受けた人材の確保が必要不可欠」と考えた。この年の採用試験には五百名を超える応募があった。紹介者も多数いたが、試験は厳正が期され、大卒男子二十五名、高卒男子三十三名が採用された。もともと西武百貨店の男子社員は堤康次郎と西武系企業の縁故者が大半であった。当初、公募社員と縁故採用者の間には齟齬があったようだが、学卒者採用の人事政策は、その後のセゾングループの発展に大きく貢献する人材を多数輩出するのである。

昭和三十年（一九五五年）十一月、辻井喬は取締役店長に就任した。西武百貨店は西武鉄道の一部門として運営されていた。またその経営は赤字決算が続いていた。労働組合の設立も、学卒者の採用も彼の気まぐれからではなかった。百貨店を商人の世界からビジネスマンの世界へ変えて行かなければならなかった。経営の近代化を図らなければ、三流の西武百貨店の生き残る道はなかったのだ。

辻井喬が店長となったのと前後して、彼の母方の叔父、青山二郎が過剰仕入の責任をとって辞任した。それまでの経営があまりにずさんであったからである。辻井喬が精力的に試みたことは、仕入先の見直しであった。不良な取引先を整理するとともに、優良な仕入先を探し新しい取引先とした。これと並行して社員の所属と階層を問わず、現状の問題点と改善のための意見を求めた。組合が設立されたこともあって、多数の意見が寄せられたという。こうしたことは、今日の企業であればどこでもやっていることだろうが、六十年前、辻井喬は取り組み、風通しのよい百貨店をつくろうと努力したのだ。それだけでなく、たとえば西武百貨店と同じようなターミナルデパートの大手、阪急百貨店の清水雅《まさし》社長を大阪まで行って、アポイントなしで訪ね、百貨店経営の考え方や幹部のあり方について教えを乞うた。またマックス・ヴェーバーの『プロテスタンティズムの倫理と資本主義の精神』などを実践的な書物として読みこんでいった。

昭和三十一年（一九五六年）四月、辻井喬はまだ弱冠二十九歳であったが、全社員を集めた訓示のなかで「日本一の百貨店」をめざすと言った。当時の西武百貨店の売上高は都内の百貨店のうち第九位であった。昭和三十六年（一九六一年）一月、西武百貨店は正月セールがヒットして月商では都内の百貨店のなかで売上高一位となって話題となったという。この年、年商レベルで三越、伊勢丹、高島屋といった老舗百貨店についで四位になった。

十年ほど前には、国際派東大細胞の一員として活動し、スパイの嫌疑をかけられてもなおコミュニズムを信じ、地道にオルグ活動を続けていた男、しかし無理がたたって喀血し、病臥した男、それが今、まかされた百貨店を老舗百貨店に並ぶほどに大きくしようとしている。それにしてもなぜ、辻井喬は、これほど精魂込めて西武百貨店を大きくしなければならなかったのか。

『セゾンの歴史　上巻』に、西武百貨店店長に就任した当時の辻井喬の写真が載っている。それはかつて、軽井沢で転地療養していたころのラケットをもってさびしく微笑していた横顔とはまったく異なり、髪を七三に分け、スーツをきっちりと着こみ、精悍な表情でこちらを見ているのだ。それは見ようによっては、若き日のオイディプス王のようだ。父康次郎を凌駕せずにはおかないという闘志がみなぎっていると感じられるのだ。辻井喬は病が癒えたあと、一人の生活者になりきろうとして秘書となり、百貨店の経営者となった。だがそれは、決して父堤康次郎に懐柔されたのではなかった。彼は昭和三十九年（一九六四年）四月、熱海に赴く途次、東京駅で倒れ亡くなった。現実の父康次郎は亡くなったが、それから五十年近く生きた辻井喬は、はたして彼を赦したのだろうか。

辻井喬は、そのペンネームの由来を『本のある自伝』で「辻井喬というのは、六年前（一九五五年――引用者註）に最初の詩集を出す時、社の用で大阪に行った帰り、飛行機の中で考えたのだ。今度の場合、横瀬の時と違って出典？　はなかった。本名をひとつひとつ音に分解しそれに漢字を宛てはめ、字画の坐り具合などを考慮しているうちに「辻井」が決り、名前の方はなんとなくポツンと立っている樹を連想させる喬という、昔から好きだった字にしたのである」と述べている。彼はどうしても辻井喬を誕生させる必要があったのだ。彼はどんなに事業が成功し、人々の称賛を浴びようが、満たされず、癒やされないものを持ち続けた。それが彼の遺した作品となった。

第5章

〈堤清二〉という経営者

1

私は一九六九年、中央大学に入学し、ペンクラブという文学サークルに所属した。今年（二〇一四年）の四月中旬、サークルの仲間十人ほどで箱根に一泊して、昨年相次いで亡くなったふたりの先輩の一周忌をかねた同窓会をした。その時出席したYさんという先輩は、六〇年代後半の学生運動をもっともよく体現したもののひとりだと思う。学園闘争というものは、結局大学当局に敗北することが多いのだが、中大はそのころ学館・学費闘争に勝利した稀な大学であった。Yさんは学内闘争に加わっただけではなく、六七年十一月十二日の第二次羽田闘争（佐藤栄作首相の訪米阻止闘争）に参加し、機動隊との衝突で重傷を負った。同窓会の夜、彼は学生時代のサークルの写真や学園祭で演じた芝居の台本、亡くなった先輩が書いたどこかあやしげなペンクラブ相関図やアジビラなどを丁寧にファイルに保管していたものを見せてくれた。そのなかに羽田闘争の時の診断書も入っていた。そこには「頭頂部」とか「頭蓋骨」とか「骨折」とか「くも膜下出血」といった文字がいくつも記されていた。その夜集まった皆の会話を要約しながら再現してみる。

――Yが意識不明と聞いたときは、第二の山崎君（六七年十月八日の第一次羽田闘争（佐藤訪ベト阻止闘争）で京大生山崎博昭が機動隊との衝突で亡くなった）になるんじゃないかと思った。

——僕らと機動隊員の年齢が近かったからね。向こうだって、親に大学まで行かせてもらっているくせにという思いがあっただろう。ただあの頃、集会やデモで見かけた菜葉服の労働者とともに戦っているという意識はあったんだ。

——ヘルメットがとれていたのか剝がされたのか、頭頂部へ一撃したというのはすごいですね。殺意さえ感じる。

——それはお互いにね。暴力闘争の端緒だったからな。

——それにしても、三派全学連と全共闘とは質が違う。三派には節度っていうものがあったけれど、全共闘は無節操だったんだよ。

——六八年にはまだはじまっていなくて、六九年にはもう終わっていた。六九年に入ったIとか僕は、全共闘を意識して、つまり学生運動をやるために大学に入ったようなものです。ところが六八年にペンクラブに入った二年生は、六九年には「消耗」してほとんどいなかった。僕らは七〇年まではなんとか踏張ったけれども、七一年春には解散宣言を出さざるを得なかったんです。

——あのころ、学生は大学が都心にあるから、他大学生と集まりやすくて騒動を起こすと言われていた。本来は、郊外の落ち着いた環境のもとで学問に励むべきだという理屈で、都心にある大学はたいていてい郊外移転を考えた。

——中大当局は、学館・学費で学生に負けたから、全部、八王子の山のなかに引っ越したと言われているけれど。

――だから偏差値が落ちたのよ（笑）。

――明治や法政は、本校舎は残したからね。

――あのころ日大全共闘が応援に来ると、枕詞のように「われわれポン大生わあ」と言ってアジ演説をはじめた。日大闘争のおかげで日大は偏差値が上がった（笑）。

――それにしても全共闘はひとまわり下の世代まで評判が悪い。その下の世代になると、そもそも関心がない。僕らはやるだけやって、何の総括もしないで企業戦士になったって言われているぜ。僕らのあとは思想的にはペンペン草さえ生えなかったって。

――ペンペン草さえ生えなかったっていうのは、まあそのとおりだろう。企業戦士になっても、性格のいい奴はいたし、嫌な奴もいたな。全共闘運動というのは、僕らの目を社会に見開かせてくれたという意味では、やっぱり大きいと思う。ただあの運動を総括しろって言われてもなあ。

三年前（二〇一一年）の七月、私が辻井喬に話を聞きに行った時、彼の大学時代、共産党に入党する前後から、スパイの嫌疑をかけられ除名処分となるころまでの話を中心に聞いた。そのうちに逆に辻井喬から、君はどこの組織に所属していたのかと聞かれた。ひとの学生時代の経歴を根掘り葉掘り聞いておいて、自分の経歴をかくすのは礼を失するだろう。私は正直に、ノンセクトだが、学内の主流派の○○派と共同行動をとったと答えた。どの世代でもそうだろうが、大学入学年次が一年違うだけで、その体験は大きく異なる。六九年入学組は、全共闘運動の後退局面のなかで運動が過激化し、連合赤軍事件に至る時期を学生として過ごした。この鬱屈とした体験は、誰にもうまく伝えられない。話の行きがかり上、あまりうまく噛みあわないだろうと思いながら、彼が全共闘運動についてどう思ったか聞いてみた。

――僕はね、あの情熱は買ってあげたいと思う。それは連合赤軍でもオウム真理教でも同じだ。若い時に、理論的に突きつめていって、ごくわずかな確率だが優秀でまじめな人があのような事件にかかわってしまうということはありうる。あいつらは馬鹿だというのは簡単だが、そういうことを言うつもりはない。時代の犠牲者だと思う。善し悪しではなくて、そういうエネルギーを持っている社会が望ましい。連合赤軍事件をオウムといっしょにするのはおかしいという人がいるだろうが、いま日本の社会に危機を感じるのは、そういう人たちがもう出てこなくなったと思うからだ。

私は全共闘運動について聞いたのだ。辻井喬は、私の質問を聞き違えたのでも、はぐらかしたのでもないと思う。彼には全共闘運動よりも、結果として招来させた連合赤軍事件がはるかに切実だった。また思想すらうばわれた若者たちが、オウムに関わっていくことがはるかに重要に感じられた、ということだろう。すでに安東仁兵衛の『戦後日本共産党私記』に描かれている、国際派東大細胞内のスパイ査問・リンチ事件については述べた。約二カ月にわたる執拗な査問・リンチのなかで、安東も手を下す。査問・リンチに加わらなければ自分も疑われるのではないかという心理は、「より過激なものが残り、より人間的なものが消されていく」あの連合事件の構図と同じなのだ。辻井喬はこの時、査問を受ける側にあったが、この事件の縁辺にいた。いつ自分が査問する側にまわってもおかしくなかったというおそれが、あの連合赤軍事件が起きた時、彼のなかにもあっただろう。

ただやはり辻井喬も「時代の子」であったと言わざるを得ない面があると思う。ソビエト連邦・東欧諸国の崩壊という現実と彼自身のソ連時代、ロシア時代のビジネス体験を織りまぜながら語られている『ユートピアの消滅』（二〇〇〇年）のなかに、彼の新左翼運動やべ平連に対する認識が披瀝されている。新左翼運動と全共闘運動は必ずしも重なり合わないが、ここでは同義のこととして考えることとする。スターリン批判以後、トロツキーはじめスターリンが抹殺した理論家の影響を受け新左翼が誕生したが、ひとつの体系に収斂しなかったのが新左翼の特性としつつ、かれらも旧左翼のもった欠陥を止揚することができず、連合赤軍事件や中核・革マル戦争を引き起こしてしまった。そして「旧左翼との間に生産的な論争が行なわれずに、時間だけが経過したように見えるのはなぜなのだろう」と問うている。

旧左翼が共産党を指していることとして、なぜ「生産的な論争」が行えなかったかは、まず共産党にこそ問うべきことではなかったか。私の学生の頃の共産党は、国会でも議席数を増やし「七〇年代のそう遅くない時期に社共連立政権を樹立する」と言っていたと記憶する。けれども私たちの眼には、宮本顕治を頂点とする閉じられた党と映った。一九六〇年代には「反党的」であるという理由で多くの作家、詩人、文化人を除名していった。辻井喬が信頼していた人、親しくした人たちでいえば、中野重治、野間宏、安部公房らが除名されていた。共産党はもはや論争することの不可能な無謬の党になり果てていたのだ。辻井喬が新左翼と一線を画するとして評価するべ平連の実態は、私の知る限り、大学で全共闘の隊列に入るほどの決意性を持ちきれなかった学生たちの受け皿でしかなかった。今日かえりみても、思想的にみるべきものがあったとは到底思えないのだ。第一、日本の市民運動が、ベトナム人民の力になったという話は聞かない。むしろベトコン（南ベトナム解放戦線）が貧弱な武器で、ねばり強く闘い、圧倒的な物量を誇るアメリカ軍に勝利したことこそ、私たちを勇気づけたのだ。辻井喬の意見は、ときに彼にも思想の盲点とでもいえるものがあるようにみえる。

2

私は詩人辻井喬の側から、辻井喬・堤清二という幾重にも矛盾体としてある人物について語ろうとしている。経営者堤清二からのアプローチは、もちろん必要だが私の任ではない。とはいえ経営者の彼がどのように評価されていたかということには関心がある。

私はこの文章を書きはじめるにあたって、さきに紹介した先輩のYさんに話を聞いた。彼は大学四年のころは、ある地区の新左翼系救援対策の組織に属していた。一九七〇年に首都圏の老舗百貨店に就職し、爾来三十八年勤め、同百貨店の子会社の社長となって定年退職した。この間、十八年は労働組合の仕事をし、うち十年は専従であった。

——堤清二が西武百貨店の取締役店長に就任した昭和三十年（一九五五年）当時、デパート業界って、西武についてどんな感じをもっていたんでしょう。

——当時、老舗のデパートは同族経営のところが多かった。デパート同士仲が良かった。堤さんが入ったころは、西武はデパートとして認められていなかった。既に百貨店協会ができていたが、そこに入るには推薦がいる。西武も入りたいといったら、断られたそうだ。つまりいけずされたんだな。それじゃ結構だということで、百貨店協会の統計のなかに西武デパートは入っていなかった。デパート業界は閉鎖的なところだ。そうした体質に堤さんの西武が合うわけがない。逆にしがらみにとらわれずにやれたことはあっただろう。

――でも上野千鶴子との対談『ポスト消費社会のゆくえ』によれば、彼は若いころ、伊勢丹の小菅丹治《こすげたんじ》にデパート経営の指南を願い出ていますね。西武池袋店の前に伊勢丹が出店するという話が持ちあがった時、高島屋が新宿駅ビルに出店する計画が浮上した。西武新宿線はそのころ高田馬場が起点だったのだけれど、今のJR新宿駅まで延伸する計画があったそうです。それを今の西武新宿駅のところでとどめて、高島屋の出店を阻止した。それで伊勢丹は池袋出店をやめたと堤さんは言っています。

――それは結果として、三者にとってよかったんだ。伊勢丹は高島屋の、西武は伊勢丹の出店を食い止め、高島屋は新宿に出店するかわりに横浜に出店して成功した。もっともそんなことをしたから、高島屋は伊勢丹を嫌ったらしい。

――僕らの小さかった頃、デパートに行く時はよそ行きの服を着せられました。なにかうきうきした気分になって、デパートの食堂でお子様ランチを食べさせてもらえるのがうれしかった。年末になると、ショーウインドーにクリスマスツリーが飾られ、うっとりとながめたことを今でも覚えています。僕がデパートにもった最初のイメージはそんなふうでしたが、そのころと比べて、デパートの現状はどうなっているでしょう。

――昔はね、夢を見せるのがデパートだった。よい商品、魅力的な商品はデパートにしかなかった。ただ購買力がなかったから、ショーウインドーを見ながら買いたいなあという思いを募らせていた。高度経済成長の時代から一億総中流といわれた一九七〇年代、八〇年代にかけてデパートは出店数を増やし、売り場面積を増やしていった。ところが今、ビックロ（ビックカメラ＋ユニクロ）という言葉に象徴されるように、家電や衣類だけでなくて量販店や通販にどんどん押されている。デパートで伸びているのは、「デパ地下」（デパートの地下食料品街）と「特選」（高級ブランドのルイ・ヴィトンとかグッチなどの特売）だけ。かつては僕のデパートでも、スーツを作ってもらうと五割近くが儲けだった。けれども、今、デパ地下で利益率が十五％あるかないか、特選だってそんなものだろう。売上は上がっても経営は苦しくて、すでに地方都市ではデパートのないところが増えつつある。

——Yさんの立場からみて、堤清二という人物、西武というデパートはどのように映ったんでしょう。

——堤さんは、三流だった池袋西武を一流にした。池袋という街のブランドを高めて、新宿伊勢丹や三越本店と御して戦えるまでにした。それだけでなくてパルコは斬新で若い人にアピールした。箱物とはいえ、売上の悪いテナントに出ていってもらって、勢いのあるテナントを入れるということは、そう簡単ではない。スーパーとして西友、コンビニのファミリーマート。うちのデパートだってやったよ。でも結局、堤さんのところのようにうまくはいかなかった。今だって良品計画もクレディセゾンも、それだけでそれぞれやっていける。稀代の経営者だと思う。ただ会合で西武の人たちと話す機会があったんだけど、彼らと話していると、十分に一度くらい、「私どもの堤は」っていうんだよ。僕は「正」の字をつけていて、あとで彼らは十何回言ったぞって言って笑い話になったことがあるよ。堤清二の思想を浸透させることが、自分たちの使命と思ってしまう。トップダウンなんだから、自分たちは考えなくて、すべてを堤さんの判断を仰ぐようになってしまう。あるいはもっと極端に堤さんの意を体したつもりで行動して、失敗することもあったんじゃないかな。もっともクレディセゾンの社長になった林野《りんの》宏さんなんかは、一貫して自分は堤信者だと公言している。堤清二は早すぎた。早すぎたから叩かれたけれども、その発想は間違っていなかったと言っている。

Yさんは、辻井喬が経営者として傑出していたことは、栄光でもあったけれども一方では不幸でもあったという話を自分の経験に即して語ってくれて、私には興味深かった。私は本来、権力そのものはよいものでも悪いものでもないと思っている。かつては権力にあらがっていたものが、権力を掌握した時にどのような態度をとるか関心がある。『セゾンの歴史（上・下巻）』には、これは辻井喬の思想だなと思えるところが随所にみられる。私はふたつのことをとりあげてみたい。

3

一九八二年九月二十三日の日付で、朝日、毎日、読売の全国紙と統一日報、東洋経済日報の各紙に西友ストアー社長・堤清二、西武クレジット社長・板倉芳明の両名の名前で次の謝罪広告(公告文)が出された。

昭和五十六年十二月、西友ストアー横須賀店において、韓国籍のお客様朴英順様に対し、日本国籍をお持ちにならない故をもってクレジット販売をお断りするという事態が起きました。／これは、在日韓国・朝鮮人に対する民族差別であり、当社らは、お客様に対し、在日大韓キリスト教横須賀教会牧師・朴米雄様、信徒代表林妙子様・陳正順様および湘南差別を正す会の方々のお立会いのもとに、心から陳謝しましたところ、幸いご理解をいただきました。／当社らは、今回の不祥事につき深く反省し、とりあえず、昭和五十七年三月二十九日付通達を以て、全店に対し、外国人のクレジット申し込みに際して、外国籍を理由にお断りすることのないよう、周知徹底させました。／さらに、今後とも、全従業員から民族差別の感覚を払拭するための教育研修活動を積極的に実施することにいたしております。／かえりみますと、今日の国際社会においては、国籍、人種、思想、信仰等による、いかなる差別も許されないことは当然であり、当社らとしても、そのことを経営理念として参ったにもかかわらず、このような不祥事を起しましたのは、誠に遺憾であります。〔後略〕

ことの発端は、西友ストアーで絨毯や鏡台をクレジットで購入しようとした在日韓国人の女性に対し、売り場の担当者が、韓国籍を理由にクレジットは使えませんと伝えてしまったことにあった。西武クレジットの規定には、韓国籍の人は使えないという条項はなかった。抗議を受けた西友ストアーは、相手方に店員のミスで迷惑をかけたことをお詫びするという応対をした。けれども朴牧師らは、ミスとして処理しようとするから問題は深刻なのだとさらに抗議した。ミスのなかに無意識のうちに在日韓国人・朝鮮人に対する差別が含まれていたのではないか。再三の抗議を受け、ようやくこの問題が辻井喬のところへ上げられた。彼は「君たちは、その問題をビジネスのうえでの不手際から生じたこととして処理しようとしたのではないか。経営の理念に反する問題が起きたと、なぜ判断できなかった。私自身がすぐ、先方にお詫びに行く。謝罪の広告も出す」と言った。実際に辻井喬は横須賀まで出向き、相手方に直接詫びて、謝罪広告も出した。

このときほど怒ったことはないと彼は書いているけれども、この話には後日譚がある。『叙情と闘争』によれば、後年、社用で韓国に行ったおり、当時の全斗煥《チョンドゥファン》大統領から会いたいといわれた。大統領は辻井喬自身が書いた公告文を読み、「韓国と日本の間に在った不幸な歴史を、君のように認識している経営者がいることを知って、心強かった」と言ったという。このことは今、ぴりぴりしている日韓、日中問題を考えるうえで参考になる話ではないか。

西武百貨店が創りだした人事制度はさまざまにあるが、なかでも一九八〇年に導入した女性社員の再雇用制度、ライセンス制度は、結婚、出産、育児という女性のライフスタイルにあわせて生涯労働を可能にする画期的な制度であった。このことも、先輩のYさんに聞いてみた。

――僕の入った七〇年ころは、デパートの女性社員の就業年数は三、四年だった。せっかく仕事を覚えてもらったのに、そんなに早く辞められたらたまらないという思いがあった。どんどん辞めていくから、人を確保するのが大変だった。僕らは分担して地方に行って、高校の先生方に頭を下げて、どうぞうちに来てくださいといって歩いた。女子寮も作らなければならなかった。そのころ「定着対策」という言葉があった。何とかして女子社員に定着してほしかったけれども、当時は結婚したら辞めるのがあたりまえという風潮があった。子育てが終わってパートで働いてもらうということはあったけれども。西武が再雇用制度を考えついたのは、しがらみのない新興百貨店だったこともあっただろうな。

これはYさんに聞くまでもなく、デパートに限らない問題であっただろう。私の勤めた職場のことを思い返してみても、ある時期までは結婚か出産を機に退職していく女性が多かったのだ。ただ「定着対策」という言葉があるほどに、当時のデパートは女性社員の確保が喫緊の課題だったのだろう。辻井喬は、このライセンス制度ができた一年半後の日本経済新聞（「女性パワーを育てる」一九八一年十二月二十五日夕刊、『堤清二・辻井喬フィールドノート』所収）のインタビューに答えて「いま企業の組織、人事は男性に合わせて組み立てられています。従って女性にとっては〝女であることをやめた〟人しか働き続けられませんでした。それではいけない。新制度は女子社員が、女であり続けられるように考えたのです。人間の半分である女性の力を活用しない手はありません。きわめて実利的な理由からです」といっている。

上野千鶴子は『ポスト消費社会のゆくえ』のなかでライセンス制度を「子育てが一段落して、再び職場復帰をしたいというOB女子社員に対して再就職の道を開いた制度です。しかも十年間の時限つきで復職を認めようというものです。その際、希望に合わせて、フルタイム、パートタイム、アルバイト、委託契約、どの雇用形態でも本人が選べるというもので、西友グループなど含めて五年間で七百三十八人が取得したと聞いています。これは日本の企業で初めてのすごい制度です」と評価する一方で、再雇用の有資格者にライセンスの認定証を発行したことに触れ、「直属の上司の査定評価でランク付けして、十人に一人の人しか特A評価をもらえないんだそうです。だから、職場にとって絶対損しない人材、十年待ってでも帰ってきてほしい人材だけを上手にスクリーニングしているわけです。待機期間中は給料をビタ一文払わずに、十年以内に有能な人材を確保できる制度、こんなこと、一体誰が考えたんだろう？　と思うほどすごいアイデアでした」と言っている。まさに「実利的な理由」からこの制度は作られたのだ。

クレジットカード発行に際して生じた在日韓国人差別問題、また女性社員の再雇用を可能にしたライセンス制度は、辻井喬の思想を知るうえで貴重な手がかりを与えてくれる。私はそれを『セゾンの歴史』に書かれているように、「人間の論理」が「資本の論理」に優先することによってなされた対応であったり、「男女は平等であるという温かい理念」によるとだけはとれない。もっと深く彼の苦い体験に関わっていると思うのだ。

『彷徨の季節の中で』の冒頭近く、「妾、という言葉が何を意味しているのか、私には分らなかった。ただそれが侮蔑を意味していること、自分には責任のないなんらかの理由によって、私達が不当に侮蔑される立場にあることを、私は感じていた」という一節がある。小学生の主人公の甫は、その数日前、「妾の子」という言葉を投げかけた自分よりも体の大きい同級生を馬乗りになって殴りつけた。辻井喬は幼くして差別されることの不当さ、口惜しさを知っていた。クレジットカードで在日韓国人差別問題が起こった時、彼は我がこととしてこの問題を受けとったはずだ。

この小説で、母多加代は正妻ではない自分を、源氏物語の世界に擬して暮らしていこうとしているが、これは現実の母操とも重ねあわせられるだろう。また妹邦子は、成績優秀であったにもかかわらず上級学校への進学が認められず、父康次郎の命に従い結婚するのだが結局離婚してしまう。のちに彼女は辻井喬の片腕としてパリに赴任するのだが、こうした母や妹の無念というものが、どこかで女性再雇用のライセンス制度と結びついていると思うのは、あながち私の牽強付会な解釈だとはいえないだろう。

4

エッセイ集『深夜の読書』（一九八二年）にはじまる、辻井喬自身が第二次大戦下のパリでひそかに刊行されていた「深夜叢書」にちなんでそう呼んでいた「深夜シリーズ」は五冊目の『深夜の孤宴』（二〇〇二年）で終わる。終わる理由のひとつに、かつては深夜でなければ本を読むことが不可能だったが、今では昼間でも読書し散歩することが可能となったからだと書いている。『深夜の孤宴』が出版された前後のことと思うが、あるくつろいだ席で彼に睡眠時間の話を聞いた。「午前二時ごろ寝て八時に起きていたけれども、この頃は九時かな」と言った。原稿を書いていると、寝付きが悪かったりしないかと聞くと、時々睡眠導入剤を飲むよと答えた。私が「朝食会」と称して、朝七時からの会議があって事務局として出なければならない時があるが、あれが一番苦手ですよと言うと、辻井喬は「アッ、あれはね、あれはいけないよ。あれは困るよ」と声を大きくして言った。彼は深夜、読書するだけでなく、思索し、原稿を書いた。昼間のビジネスの世界と対比して、それを自分だけの「精神の王国」と呼んだ。

「新評」の一九六八年七月号に彼の「一週間のスケジュール」（『堤清二・辻井喬フィールドノート』所収）が掲載されている。最初の三日間だけ引く。「5月13日（月）8：30～10：00社内会議

10：30～12：30傍系会社役員会議　1：30～2：30週刊誌対談　3：00～5：00経済同友会委員会　6：00～会合二つ／14日（火）9：00～1：00西武企業会議　1：30～3：30西武鉄道拝島線開通式出席　4：00～6：00社内会議　7：00～9：30　西武渋谷店アヴァンギャルド・プレスショー出席／15日（水）8：30～10：00経済同友会会合　10：30～12：30関係官庁訪問　1：00～4：00池袋店で接客・店内巡回　5：00～6：30他社の社長接客（東京プリンス）　6：00～9：30会合遅れて出席」。これはおそらく父との激しい葛藤をテーマとする自伝的長編小説『彷徨の季節の中で』を書いていたころのことだ。

　辻井喬はもちろん多忙でかつ責任があった。また何のために、という問いを隠して自分の会社を大きくするために懸命に仕事をした。新井満との対談「足し算の時代引き算の思想」（『堤清二＝辻井喬対談集』所収）で「別のこと（読書や執筆――引用者註）をすることで休息をとっているなんて言い方をすると、いやーな顔をされる」と語っている。昼間、多忙でかつ責任のある仕事をしているからこそ、彼には深夜に「精神の王国」のなかで「休息」が必要であった。学生時代に読んだフロイトの『ヒステリー研究』は面白かった。「カタルシス療法」というものがあって、ヒステリー患者は、誘因となったことの記憶を呼び起こし、その詳細を語ることによって、症状が消失するというのだ。ものを書くという行為は、この浄化法に似ている。辻井喬にとっては、ことに書くことによる癒やしが必要だったのだ。

心の地図に
遠い国があるようだ
記憶の断片を集めた
重い国
近づくと
いつも歪んでしまうのだが

その遠い小さい国を
時おり
僕のなかの
生残つた獣が歩く
荒れた平野を迷つてきて
ふと　方向を見定めるために
獣は首をあげる
僕はそんな時
夕陽の斜めに射す階段に蹲んで
仮面と

仮面との間におちた僕の顔を探している

『異邦人』（一九六一年）から同名の詩の「3」の部分を引いた。「僕のなかの／生き残つた獣」とはなんのメタファだろう。父親にあらがい除籍願まで出したものが、父親の経営する会社に入社し、権力にあらがったものが、権力を掌握して事業を拡大しようとしている。その「僕」が「仮面と／仮面との間におちた／僕の顔を探している」のだ。

かつて大岡信は『辻井喬詩集』（一九六七年）の解説「巻末に」のなかで、「いうまでもなく、辻井喬は西武デパート店長の堤清二である。実業家と詩人の組合せは、外国では必ずしも稀れではないが、日本では稀有なことに属する」と書いた。辻井喬が亡くなったあと、私はフランス語を教えている友人に文学で業績を残した人で他の分野でも活躍した人はどんな人がいるか聞いた。彼はポール・クローデル（一八六八―一九五五）の名をあげた。クローデルは外交官でもあって、日仏会館を発足させた人だ。またイギリス文化に詳しい知人に同じ質問をした。ジェフリー・アーチャー（一九四〇―）の名があがった。彼はサッチャー首相に近い保守党の議員でもあった。他にはという私の質問に、ふたりから「今は思いつかない」という返事がかえってきた。それでは日本に森鷗外がいるのとかわりはないではないかと思いながら、いや彼らが思いつかないだけで、大岡信がいうように「実業家と詩人の組合せは、外国では必ずしも稀れではない」のかもしれない。ただ辻井喬のような宿命を帯びて経営者となり、詩人となった人物はいないのではないだろうか。

第6章
『沈める城』と『沈める城』

1

私は現代詩文庫の『続・辻井喬詩集』（一九九五年）の刊行に際し、解説者のひとりとして、辻井喬の詩を最初から読む機会を得た。一九七〇年代に入って、彼は『誘導体』（一九七二年）、『箱または信号への固執』（一九七八年）を上梓した。その詩群を読みながら、辻井喬はずいぶん辛いところにいるなと感じた。昼間のビジネスの世界の疲れを深夜の書斎で、つまり「精神の王国」のなかで癒やす。けれどもさらに癒やしきれないものが、詩の表現をとって呻いているように思えたのだ。『誘導体』の冒頭の「虐殺」の第一連を引く。

私のなかで虐殺されたものについて
朗唱すべき弔辞はあるか
歌を拒否する新しい旋律は見付かったか
肉体への帰還を呪縛し
自由と戒律が同義語であることを希い
殺された者は

夜が来るのを待ちきれずに叫喚する
土蔵で　本のなかで　智恵を絞って

「私のなかで虐殺されたもの」とはなにか。コミュニストで権力にあらがっていたものが、父の会社を継承して経営者となり権力を掌握する。辻井喬が経営者となって、易易と過去の経歴を抹消することのできる人間だったら、「朗唱すべき弔辞」などはいらない。「歌を拒否する新しい旋律は見付かったか」とは、どこか中野重治の「歌」という詩の一節、「おまえは歌うな／おまえは赤ままの花やとんぼの羽根を歌うな／風のささやきや女の髪の毛の匂いを歌うな」を想起させるが、それでは「肉体への帰還を呪縛し／自由と戒律が同義語であることを希い／殺された者は／夜が来るのを待ちきれずに叫喚する／土蔵で　本のなかで　智恵を絞って」は何を意味するのだろうか。辻井喬は彼のなかの何を殺して呻いていたのか。彼はこの時期、「暗喩の迷路に入り込んでしまった困難」（『叙情と闘争』）のなかにいただろう。それでも彼は書かずにおれなかった。

辻井喬は『彷徨の季節の中で』、及びその続篇「若さよ膝を折れ」、『いつもと同じ春』、『暗夜遍歴』、『父の肖像』などの自伝的な小説のなかで「私」をよく語った。また『虹の岬』、『風の生涯』、『命あまさず――小説石田波郷』『終わりなき祝祭』、『茜色の空――哲人政治家・大平正芳の生涯』など、自分の深く関心を持った人たちの伝記小説を書いた。さらに『本のある自伝』や『叙情と闘争――辻井喬＋堤清二回顧録』のなかでは、自らの来歴を率直に語っている。ことに

『叙情と闘争』のなかでは、その確執がよくジャーナリズムで取りざたされた、異母弟堤義明について、彼の人柄も経営理念もはっきりと否定している。

辻井喬という詩人は、初期の詩の「素朴なものを信じて／美しく生きた人の話が聞きたい／いつか／用意が出来たと言いきれる人の／優しさについてすつかり聞きたい」（「不確かな朝——組曲」、『不確かな朝』所収）というスタンザなどに色濃く、情を叙《の》べる「私」がむきだしのかたちで出ているのだが、のちの彼は「暗喩の詩人」であった。詩におけるメタファは彼の生理にまでなっていた。企業のトップにいたという事情もあっただろうが、詩を書くときには、歴史や世界を語るときから自らを語るときまで、メタファとして表現した。『自伝詩のためのエスキース』に本当の自伝の参考になることなど書かれてはいないのだ。

三年前（二〇一一年）の七月、私が辻井喬に話を聞きに行った時、「第三の新人」、とりわけ島尾敏雄、吉行淳之介に対する評価を聞いておきたいと思った。彼は『本のある自伝』のなかで、野間宏の『真空地帯』を激賞する一方で、「彼の作品に較べれば、第三の新人と言われている人たちの作品は巧いけれども私には綺麗ごとすぎるように思われた」と述べている。一九七〇年前後の学生時代、私が属した中大ペンクラブでは、読書ゼミでわが国の作家では安部公房、大江健三郎、三島由紀夫、倉橋由美子、井上光晴らの作家の作品が議論された。島尾敏雄や吉行淳之介は、各自が読んでおけばよい作家で、特に議論すべき作家ではなかったが、学生時代の私には愛着の深い作家だった。辻井喬はこんなふうに語った。

——共産党が分裂した時に、島尾敏雄の「ちっぽけなアバンチュール」事件というのがあった。あのとき中野重治は、「新日本文学」に島尾の作品を載せたことで、共産党から批判の口実にされた。そんなふうに政治的に作品が扱われることには腹が立つ。私は島尾敏雄も吉行淳之介もよく知っているし、いい作家だと思う。ただ彼らが捉えている世界は小さいように思う。たとえば、オルハン・パムクというノーベル賞をとったトルコの作家がいる。彼はトルコを西洋と東洋が衝突するところとして捉えている。歴史的な視点から人間を描こうとしている。そういう意識で作品をつくろうとする人は残念ながらいまわが国の作家にはいない。島尾も吉行もいい作家だけど、それだけでは困ると思う。

おそらく辻井喬は、島尾敏雄の『死の棘』や吉行淳之介の『暗室』などを念頭において、捉えている世界が小さいと言ったのだと思う。彼らは男女の問題については突きつめて書いたが、野間宏のようにもっと大きな世界を描こうとはしなかったと言いたかったのだと思う。

ところでなぜ私が、「第三の新人」、とりわけ島尾敏雄や吉行淳之介について聞きたかったかといえば、それが野間宏との比較で彼が述べていたからだ。たしかに『真空地帯』は彼らより大きい世界に向きあおうとしたが、学生時代、私はこの小説を卒読できなかった。ここに果たして本当の軍隊生活が描かれているのだろうか、と思った記憶がかすかに残っている。『真空地帯』に比べれば、一九八〇年に完結した大西巨人の『神聖喜劇』のほうがはるかに面白かった。私の関心のあった博多の詩人、矢山哲治の近傍に彼がいたという事情もあったが、大西巨人の眼を通して軍隊がリアルに描かれていると思ったのだ。全体小説？　いやこれは「私小説」ではないか。壮大な私小説だからこそ面白かったのではないか、とひそかに思ったのだ。

これらの問題に関わって、少し補記しておきたい。私はこの文章で、辻井喬の夫人や彼が離婚した女性、また『彷徨の季節の中で』他で登場する「野尻敦子」といった女性たちに言及しようとは思わない。それは小さい世界だからではない。むしろ小さい世界から、今後辻井喬という謎が解明されることは大いにありうるだろう。けれども彼女たちは現存しておられるか、現存しておられる可能性が高い。今、彼女たちのことを書くのは私の任ではないと思っている。私は辻井喬の遺した作品、また彼が折々に語ったことをもとに、その文学と思想について考えていきたい。

2

詩集『沈める城』(一九八二年)は、書き下ろしとして刊行された。二十篇の詩とその解説といってよい「水のなかの城――「技師の書」あるいは「あと書き文書」」から成っている。なぜこの解説が「技師の書」とも呼ばれているかといえば、この町に派遣された測量技師によって書かれ、さらに転記者によって註が付されているからである。技師は城に辿りつけず、また作業の途中で逮捕される。この設定はカフカの『城』、あるいはカフカ的な世界を想起させる。『現代詩文庫130 続・辻井喬詩集』の解説を頼まれて、この『沈める城』まで読み進めた時、私はあるカタルシスのようなものを感じたことを覚えている。この詩集のなかで常に意識されている「城」とはなんのメタファであるのか。詩には多義的な解釈が認められるとすれば、それは戦争で滅んだわが国、戦前の天皇制国家ととってもよいのではないかと思った。「遠い城」を全行引く。

城は遠い/時間は規則正しく流れて/錆を深くする/怨念は泡立ち抗い/集合し離散して背後に町の形を残す/岩塩に似て不整形の塊は/角度によって煌き/底知れず暗かったり/涯しない拡りに/若葉をさやがせたり/驚愕を漂白していったりする/四辻には信号が明滅し/繁栄

は馬糞を上気させているのに／偽物か　静寂に満ちた聖者の棲家が見える／漣に揺れながら／表面には浮びあがらない重さで／その上を踊りながら通るのは／無邪気な雑踏　幸福のラブソング／快楽を包む軽薄さで旗ははためき／宣言が発せられ／城はさらに遠のく／幼児の歯が生えはじめる緑のなかへ／そこで季節がずれていたことに気付く／ずっと前から／隊列が去って帰らないことにも／広場は寒々としている／塩と敷石のはざまで／弾む町の賑わいのなかに／地下水の音を聞こうとしていた耳が／力尽きて垂れてしまう／倦怠の黄梔子《きくちなし》色の間から／悔恨の錘りが降りてゆく／古代の騎士の方へ／若者はいくつもの生き方を早くから断念し／座標軸から身を引く／消えた飛蝗《ばった》と／独楽と石蹴りの石と夕焼雲を追って／あてもなしに　成算もなしに／自らを秩序立てようと試みる

「水のなかの城」によれば「彼（測量技師――引用者註）が訪れた時はかつての支配者の統治下にはなく、交易の中心地として栄えている町で、それでいて町人達は、その滅びた城をなお権威として認めている気配であった」と記されている。それは天皇は元首ではなくなったが、象徴として残った戦後という時代を想起させる。「繁栄は馬糞を上気させているのに／偽物か　静寂に満ちた聖者の棲家が見える／漣に揺れながら／表面には浮びあがらない重さで／その上を踊りながら通るのは／無邪気な雑踏　幸福のラブソング／快楽を包む軽薄さで旗ははためき」と詩行をたどっていくと、戦後、高度経済成長を実現し、経済大国となりながら、物質的繁栄に浸って人倫的共通感覚を喪失してしまったわが国の姿が浮かび上がってくる。

また「水のなかの城」の一節「むしろ彼等（町人達・転記者註）は、自分達が作り出した町の、放縦で自己増殖的な拡がりを心配していた」とは「あてもなしに　成算もなしに／自らを秩序立てようと試みる」という言葉に照応してもいるだろうか。すでに書いたように、辻井喬は一九八〇年、よいものを安く提供することをコンセプトとした「無印良品」という「反体制商品」を開発し、販売を開始した。とはいえ彼自身が成熟したとは言いがたい消費社会を演出し、その一翼を担ったということも事実なのだ。もうひとつ「塞がれた穴」を全行引く。

壁の穴は塞がれた／城を覗くことはできない／歌は途切れ／残された通奏低音は呪詛を投げかける／合唱はいつか鎮魂曲に変り／詐術は見えない庭で演奏される／叙事詩が去った墩台《とんだい》の上に／満されぬ眼がなぞるのは破れた旗／飜った瞼の裏に／傷痕の杭が立ち並び／商人の栄える町で教義は死滅する／そこで輝きを増すのは信号機だ／主役のいない広場の敷石は冷え／城外に繋がれた馬は／野戦を慕って嘶き／閉門を布告する銅版が喪服をつけて／官僚の顔で屹立する／／文法を忘れた年代記のように／中断された物語りがある／突然　予感された確かさで日が翳り／曠野が反転する／／緑の葉裏は絹漉しの黒／神殿はおそらくその奥にある／記憶の空に群れていた白い雲は消えた／泡立つ抒情は形にならない／隠密の声がたくらんでいるのは／地底から這い上ってくる赤い舌の解放／混声和音を裂いて遠雷が轟く／夢を混ぜて未来の演

出がはじまったが／町は静かだ／人々は満足していて／どんな異変にも関心がない／新しく壁に穴を穿つ作業は組織されない／視線を断たれて／広場には砂の疲労だけが残り／その奥で時と共に錆びてゆくものがある

ここに書かれている「壁の穴は塞がれた／城を覗くことはできない」、は、私の解釈では、戦前の天皇制国家の検証ということになるが、わが国ではそうしたことは、あらかじめ封殺されていた。「新しく壁に穴を穿つ作業は組織されない」とは、あらたにそうした検証をはじめようとする気運も起こっていないというふうに読める。もしそうだとして、日本を代表する企業のトップが、いくら左翼を自認していたとしても、表立ってそのような発言をすることは、できにくいだろう。また経済大国になったとしても、自分もそうした社会を演出した当事者であれば、そのアンビバレンツな感情を直截には言いにくい。辻井喬が「暗喩の詩人」と言われた理由はくりかえすが、こうした事情があるだろう。

「商人の栄える町で教養は死滅する」とは、経済を優先させた戦後の日本の社会では、イデオロギーが育つことができなかったと読める。「そこで輝きを増すのは信号機だ」というメタファは、私なら過剰反応する浅薄なメディアだと言ってみたいが、また別の解釈もあるだろう。「水のなかの城」には測量技師を派遣したのは、「秩序と進歩を重んじる科学的な組織」とあるが、それは共産党と考えてよいのか、そのイロニーと解釈すべきなのか。「主役のいない広場の敷石は冷え／城外に繋がれた馬は／野戦を慕って嘶き／閉門を布告する銅版が喪服をつけて／官僚の顔で屹立する」のメタファも面白い。戦後という時代のなかで、人々は経済的に豊かになっていったが、一様にのっぺりと個性をなくしてゆく……、そのことへの慷慨を読みとるべきなのだろうか。ふと私は、辻井喬が生前親しくしていた三島由紀夫が、自決するしばらく前に書いた「私の中の二十五年」（『蘭陵王』所収）のなかの末尾の一節、「私はこれからの日本に大して希望をつなぐことができない。このまま行ったら「日本」はなくなってしまうのではないかという感を日ましに深くする。日本はなくなって、その代りに、無機的な、からっぽな、ニュートラルな、中間色の、富裕な、抜け目がない、或る経済的大国が極東の一角に残るのであろう」を思い出したのだ。ここで三島由紀夫と辻井喬の思想の差異はほとんど問題とはならない。辻井喬は「無機的な、からっぽな、ニュートラルな、中間色の、富裕な、抜け目がない」わが国をそれでも生き抜いたのだ。

3

小説『沈める城』（一九九八年）は、堤清二がモデルと思しき楠食品会長、荘田邦夫と、荘田と瓜二つの容貌の辻井喬がモデルと思しき学生運動に挫折した詩人、野々宮銀平（本名野見恭平）が登場する。この小説は手の込んだ「私小説」と理解してよいのだろう。

この八百ページを超える大作をひと言で説明するのは難しい。現実の世界と異界が接している。異界とは沖之波美島《おきのはみしま》のことで、今の地図上にはなく、沈んだ島。かつて琉球弧の島々のなかにあった島で、見事な文化を花開かせた共和国として栄えていた。あえてその位置を言うならば、奄美大島、沖永良部島から西に向かったところにある。かつては中国大陸とわが国を結ぶ交通の要衝の島であったとされている。そこにたどり着くには、自力で空中に上昇し、途中からは空飛ぶ帆船に乗り込むとか、偶然、津波に巻き込まれ気がついたら浜辺に打ち上げられていたとか書かれている。物語は、沖之波美島を軸にして、現実と夢がさまざまに入れ子構造になって、交錯しながら展開されている。この島には、呪術を使いこなす二百年生きる仙人のような老人クニマや、核爆発で突然変異し人語を理解する犬ヒトヒトが登場する。

荘田邦夫も野々宮銀平も、現実の辻井喬より数歳若く、五十歳代なかば、時期は一九九〇年代前半と設定されている。この小説で「私」として話を進めるのは、若い日に荘田より一年遅れてボストンに留学して交友を結んだ経営学者の雨尾弘である。彼は荘田邦夫の伝記を書こうとしている。

荘田邦夫は、楠食品を創業した岳父楠元太郎のあとを継いで業界をリードする会社に成長させた実績をもつ経営者で、同社の会長の職にあった。彼は自信に満ちた経営者としての顔のほかに、常に不安を抱えた貌をして幻想癖、幻覚症状を抱え持った人物とされている。極めて合理的な判断をする一方、奇妙な日記やメモを残している。たとえば戦争中、空襲を避けて母と新宮に疎開した二年目の春、彼は山道で迷って烏天狗の一族と遭遇し、彼らと一週間以上過ごしたことがあったという。

この小説で、楠元太郎は岳父ということになっており、現実の父、堤康次郎と距離をとろうとしている。楠食品に入って以降、ふたりの関係は世代間の差異、育った環境からくる感性の食い違いがあるのは当然だが、それを超えた同質性を感じ取っていたようだと記されている。元太郎は創業当時、沖之波美島に渡り、そこで発見された不老長寿の薬草とイースト菌を配合することに成功した薬草パンを発売していた。元太郎の出自は、沖之波美島ではないのか。読み進むにつれ、次第に楠元太郎の下半身のだらしなさが暴露されていき、実は荘田邦夫は元太郎の実の子であったらしいことがわかってくる。また元太郎の娘伸子は、彼の娘ではないことも判明してくる。荘田「気を付けなければならんのは身内だ」という言い方には、堤康次郎の声が重なってくる。

が入社すると大学卒を採用すべきだと元太郎に進言するところなど、現実の辻井喬を反映しているように見える。

荘田は瀬戸内海に近い真琴市の本社工場跡地に二百メートルに及ぶ塔の建設を計画していて、その計画に反対するグループに狙われていた。折しも外資による会社の買収が進められ、追いつめられ失踪した。彼は沖縄本島の北端、辺戸《へど》岬から愛人の安部理恵とともに投身する。

野々宮銀平は、昭和経営史研究所理事長の朝倉喜久雄の依頼を受けて、古文書の解読の作業を引き受ける。古文書とは、沖之波美島——かつて栄えた王家の建国と滅亡に関する叙事詩のことだ。それは野々宮がかつて『痕』という詩集で発表した作品（先に引用した詩集『沈める城』の「塞がれた穴」）のもとになっている文書である。古文書の解読のため、彼はなかば強引に沖之波美島に連れてゆかれる。

古文書の解読を手伝う助手として、ランという女性が登場する。彼女は王家の末裔であるらしく、新しい支配者から逃れるようにして育てられたらしい。解読は、ランがパソコンに古文書を入力すると、自動的に日本語に変換される。ただし文法が解析されていないために文脈が乱れ、かつ難解な喩がいたるところに使われていて、解読は容易ではない。翻案しているうちに、野々宮は「城は遠い／時間は規則正しく流れて／錆を深くする」というフレーズ（先に引用した詩集『沈める城』の「遠い城」）が自分の詩の一節と酷似していることに慄然とする。この島に連れて来られる途中、ランらしい声が「遠い祖先の体験があなたに書くことを命じた」と囁いたことが思い出された。解読が進むうちに、それは現実の辻井喬の詩集『沈める城』に近づいていく。小説『沈める城』はまた詩集『沈める城』の解説になっているのだ。

昭和経営史研究所の朝倉喜久雄は、野々宮に仕事を依頼する時、六〇年安保で敗れたのは革新思想ではなく日本だ、しかし日本はその十五年前に滅んでいるという。彼は楠食品の労組委員長暗殺計画にも関わり、また真琴市の本社工場跡地のモニュメント計画反対運動にも関わっていた。のちに明らかになることだが、昭和経営史研究所の実態は、日本の敗戦を認めない秘密結社であった。

和歌山にある伊坂楊厳隆信博物館は、楠元太郎によって建造された。伊坂楊厳は、熊野の神官の家系であり、二千年前、秦の始皇帝の命によって不老不死の薬を探しに来た徐福の子孫から、天文学、物理学、薬学を学び、この地に居を定めて以後は独学で学問体系を作り上げた男ということになっている。雨尾弘と編集者の秋山享は荘田の伝記ばかりでなく楠元太郎の出自を明らかにするために博物館に向かう。そこで彼らは、荘田邦夫の失踪と入れ違いのように館長に就任した野見恭平と出会う。その晩、野見は雨尾の夢にでてきて、自分は野々宮銀平だと名乗る。

こうしたさまざまな話が、入れ子構造になって語られ、展開されていく。ただ私は、ここで描かれている超自然的な、超史実的な話が、辻井喬に似つかわしくなく、物語の展開として、なぜ荘田と理恵が心中しなければならなかったのか、また荘田と野々宮の声紋が一致したことについても納得がいかない。つまりはられた伏線が充分に回収されていない憾みが残るのだ。ただ辻井喬がなぜこのような小説を書きたかったのか、書かなければならないと思っていたのかということは分かるような気がする。

4

二〇一一年十一月の「歴程祭」に、同人である辻井喬は出席した。いつもならば、彼は切りのいいところでさっと引き上げていくのだが、なぜだかその時は名残惜しそうにひとりポツンとテーブルに座っていた。私は辻井喬としばらく話をした。発端を忘れたが、日本に本物のアナキストはいるかという話になった。私は七〇年代初頭、日石本館地下郵便局、土田警視庁警備部長邸で起こったピース缶爆弾事件で、爆弾を製造・配布した真犯人として名乗り出た牧田吉明の名を挙げた。今にして思うに、かつて読んだ小説『沈める城』の登場人物のひとりが、牧田がモデルではないかと思っていたことと関わるかもしれない。爆弾事件に関連して十八名が被疑者として逮捕されていたが、八二年八月二十五日の事件の公判で、弁護側証人として出廷した牧田の証言で冤罪であることが判明し、のちに全員の無罪が確定した。

閉廷後、牧田は会見を設定しようとした記者たちを制し、マスメディアもフレームアップに加担した責任を反省し、冤罪の被告の保釈金として一社最低二〇万円出せと要求した。記者団がこれを断ると「それじゃ帰る」と言って立ち去った。私はそのときの牧田吉明の面構えを見て、本物のアナキストだと思った、という意味のことを辻井喬に話したと思う。すると彼はこんなことを言った。

――牧田さん（三菱重工業社長牧田與一郎）からね、「堤君、君、左翼だろう。うちの吉明を西武に入れてもらえないかね」。そう頼まれてね、ああ、いいですよって引きうけたんだけれど、結局、長続きはしなかったんだよなあ。

父、牧田與一郎は、七一年に亡くなっているので、この話はそれ以前、牧田吉明が爆弾を製造・配布していた時期の話であっただろうか、あるいはそれ以前、アナキストの組織、背叛社に関わっていたころだろうか。「それで彼は、今どうしているんですか」と聞かれ、私は「去年（二〇一〇年）亡くなったそうです。最後は生活に窮していたみたいですね」とネットで知った情報を辻井喬に伝えた。

小説『沈める城』のなかで、作中の重要な登場人物のひとりである那珂崎時実《ときざね》は、牧田吉明がモデルになっていると思われる。剃髪の青年、那珂崎は黒猫洞房という非合法めかした出版社をやっているが、もと過激派で、高校時代、学校当局にがんじがらめになっている生徒の代表として、素裸になった身体に鉄の鎖を巻きつけて校門の前に座り込んだ、というエピソードを紹介している。牧田吉明は、真犯人として名乗り出た時、剃髪していた。また八四年に彼の著書『我が闘争――スニーカーミドルの爆烈弾』を刊行する際、出版社との折り合いがつかず自ら山猫書林を作った。『我が闘争』よれば、彼は六七年五月、在学していた成蹊大学から無期停学処分を受け、白紙撤回を求めて、ハンガーストライキを行った。その際、犬の首輪を巻いて鎖につなげ、その端を水道の蛇口に巻き錠前でとめ、自分の首に「俺を犬だと思う奴は、鏡に写った手前の姿だと思え」と書いた札を下げた。那珂崎の「端整で面高な顔」、「切れ長の眸が強い光を湛えていなかったら、色白の瓜実顔は女性的な感じを与えただろう」という描写も実際の牧田吉明を思わせる。

辻井喬は、間違いなく『我が闘争』を読んでいただろう。また父與一郎に頼まれて、採用に際し、面接していたかもしれない。辻井喬は、三菱重工業で「牧田天皇」と言われるほどに豪腕を発揮した父與一郎に反抗して、全共闘から、さらに過激派になっていく吉明の関係を、父堤康次郎と自分の関係のアナロジーとして見ていたのではないか。そんなふうに牧田吉明を見ていた可能性は十分にありうると思う。

那珂崎時実は、「鉾の会＝自然の力派」を組織する。三島由紀夫の盾の会のパロディなのだが、彼は本能的に民主主義を嫌悪していて、核兵器に魅力を感じている。クニマには「那珂崎は信頼していい男だよ。彼の体制批判には芯がある。恰好ばかりつけている過激派とは訳がちがう」と言わせ、那珂崎とは意見が相容れないはずの野々宮も「那珂崎のように、本土にいながら国というものの不確かさに気付いたのは秀れた感性と言うほかない。おそらく彼ももといた社会に深く孤立し、誰にも胸中の欠落感を訴えることが出来ずに悩んだのであったろう」とつぶやくのだ。

那珂崎は沖之波美島の発見について、折口信夫をはじめ、柳田國男、南方熊楠などにも同じ記号が含まれていたと語る。そしてこんなことを話す。

やがて僕はひとつの計画を立てました。島の存在を確かめ、理想の共和国を建設する計画です。人に言えば誇大妄想と笑われるのは分っていました。鉾の会＝自然の力派を作ったのはこの計画の一環でした。そのずっと前から、僕は日本という島がただ物質的な豊かさを求める集団に堕落してしまったのを苦々しく思っていました。この状態を変え、人間を取り戻すには人々の意識の底に拡がっている常世《とこよ》幻想を核爆発によって粉砕するしかないと思うようになりました。しかしこの考えも根本的な思索はまるで不得手なくせに新しがることが好きで、それでいて世間の良識に気ばかり使っている連中からは危険思想として非難されるでしょう。でもそれは僕にとっては名誉みたいなものです。

その那珂崎が、野々宮と沖之波美島を探査しているうちに「今、僕が考えあぐねているのは、どうしたら島の姿を皆に見えるようにするか、ということです。核爆発で粉砕するのと同じ思想なんですが、常世とはこういう島だ、と皆に見せてしまった方が、そして観光地なんかにした方が幻想を破壊する作用は大きいかもしれません」と語るのだ。

一九八二年、詩集『沈める城』を発表した時、詩人たちはどんな反応をしたのか。私の知る限り、反応は皆無に等しかった。私は一九九二年に刊行された詩集『群青・わが黙示』によって、初めて辻井喬を認識し、十年あとがえって、詩集『沈める城』がすでにがっしりとした骨格をもつ思想詩であることを認識した。それは辻井喬にとってひそかな光栄であったはずだが、十六年ののち、内なる声の要請によって『沈める城』は、もう一度意匠をあらたに小説として書かれることになったのだ。

第7章

八〇年代のセゾン

1

『セゾンの活動　年表・資料集』をみると、一九五〇年代の西武百貨店時代からのポスター、新聞広告等の宣伝活動が紹介されていて、その変遷が興味深い。たとえば一九六八年の西武渋谷店開店ポスター「その日にシブヤへ行きたい　4月19日」は、立木義浩が写真を担当した。斜めに倒され梱包された木箱のふたが開けられ、そのなかに二体のマネキンに擬したふたりのモデルが入っている。六九年の池袋パルコオープンのポスターは、イラストレーターの山口はるみを起用した。パンタロンスーツにコートを着たふたりの女性が横向きにポーズをとっている。こうしたポスターからは、当時のパルコのテレビCMも思いだせそうな気がする。思えば六〇年代からセゾングループの宣伝活動は斬新だったのだ。

セゾングループの躍進は、八〇年代に際立っている。それを象徴するかのように、八〇年代に入って、コピーライターに糸井重里を起用した西武百貨店の宣伝活動は世間の耳目を集めた。キャッチコピーで追えば、「じぶん、新発見。」（八〇年）、「不思議、大好き。」（八一年）、「おいしい生活。」（八二年）、「うれしいね、サッちゃん。」（八四年）。『セゾンの歴史　下巻』によれば、「じぶん、新発見。」、「不思議、大好き。」までの広告は、ほぼ抵抗感なく好感をもって受け入れられたが「おいしい生活。」には賛否双方の強い反応があったという。「生活を食物と同じように扱うのは疑問だとか、第二次石油危機後の不況期に「おいしい生活。」とは不謹慎であるといった反発があった。しかし、ウディ・アレンを起用した写真で表現したのは、成熟時代における精神的豊かさを志向する生活者像であった」と記されている。経営者としての辻井喬が目指したものも、この「成熟時代における精神的豊かさを志向する生活者像」ではなかったか。

「セゾン文化」という言葉は、いつのころから使われるようになったのだろうか。それは辻井喬の経営理念と深く関わって、実体的には七〇年代からあったと言えるのだろう。セゾングループはものを売るだけではなく、文化事業を通して時代にコミットしようとした。企業トップの道楽として揶揄されもしたが、「セゾン文化」こそが、セゾングループを際立たせ、辻井喬を際立たせたのだと私は思っている。

私が接触した「セゾン文化」についていくつか書いてみたい。あるとき、私は池袋西武のなかにあるスタジオ200で、吉本隆明の講演「アジア的と西欧的」を聞いた。私は学生の頃、吉本隆明の講演を聞いたことがあるが、学生相手の講演ではなく、一般の講演では威嚇するように日の丸の鉢巻をしめた青年たちが最前列に陣取ると聞いたことがあった。その日は会場に実際そうした青年がいたが、吉本隆明は意に介さずに淡淡と自説を展開して印象に残る講演だった。またある時、仕事の用事がキャンセルになって時間が空いて、ふと池袋西武のセゾン美術館に立ち寄ってみようと思ったことがあった。その時は、たまたまジョージ・シーガル展をやっていた。人間と等身大の彫像が並べられていて、それらの人たちが都会のなかでそれぞれに孤独であるように感じた。その頃私は、自分がやらなければならないこととやりたいことの間で、神経が逆毛だっていると感じていたのだが、その孤独な群像にむしろ癒やされた思いがしたのだ。

私がもっと日常的にセゾン文化に接触したといえるのは、七二年に開店した池袋パルコの地下にあった詩の書店「ぱるこぱろうる」だった。「ぱるこぱろうる」(一時期、池袋西武に「ぽえむぱろうる」渋谷西武に「ぽるとぱろうる」の三店があった)は、思潮社が経営した書店だったが、自社の詩書だけでなく他社の詩書も既刊を含めてまんべんなく置かれていた。それまで、大書店にはまとまった詩書のコーナーは充実していなかったと記憶する。私の目当ての詩集は、早稲田の古書店文献堂や水道橋のウニタ書舗など新左翼系刊行物も取り扱っている店で買う場合が多かった。「ぱるこぱろうる」で私に思い出深いのは、吉岡実の『サフラン摘み』だ。後期の吉岡実の詩集でもっとも充実しているというだけでなく、片山健の絵が装画として使われていたからだ。しばらくのち、同じ「ぱるこぱろうる」で片山健の画集『美しい日々』の復刻版を見つけて買った。それは昔の小学校の便所や教室や校庭での少年、少女たちの不思議な戯れを描いた背徳的なにおいのする絵だった。

八〇年代、私たちは「SCOPE」という同人詩誌を作っていたのだが、「ぱるこぱろうる」にも置いてもらっていた。隔月で刊行していた「SCOPE」は、号を追うごとに同人の活動が活発化してゆき、百頁を超えるときもあった。今からは信じられないことだが、毎号十冊とか二十冊売れた。僕らの雑誌は「現代詩手帖」よりも売れている、と冗談を言っていたのだが、もっとも売れたのは、第十六号の氷見敦子の追悼号で、四十冊売れた。それを喜んでいいのどうか、複雑な気持だったことを覚えている。

ところで、辻井喬が任された池袋の西武百貨店は、どのような経緯でセゾングループと呼ばれる巨大企業グループになったのか。『セゾンの歴史　下巻』によれば、西武百貨店を中核とした西武流通グループが、西武セゾングループ、さらに実質的にほぼ同時期にセゾングループと名称を変えたのは八五年（正式にセゾングループを名乗ったのは九〇年）のことだった。「流通」という名称が実体にそぐわなくなったということと、「西武」の名称が「西武鉄道グループ」と混同されやすく、ことに海外で事業展開するうえで支障をきたすということがその理由と書かれている。しかし辻井喬にとっては、それだけが理由ではなかった。

「セゾン文化」を演出した辻井喬と「西武鉄道グループ」を率いる堤義明とでは、あまりにも企業体質が違いすぎていたのだ。すでに述べたように辻井喬は、大学を卒業してまもなく、父堤康次郎に除籍願を出していた。彼は肺結核で倒れ、康次郎の議員秘書を務め、西武百貨店に入社したがそれは西武鉄道の一部門として運営されていた。本体の「西武鉄道グループ」は異母弟、堤義明が継いでいた。『叙情と闘争』のなかで彼は「僕の方はコクド、西武鉄道と同じ企業グループと見なされることに次第に我慢ができなくなってきていた。経営についての考え方があまりに違いすぎるし、幹部が事業地を視察する際は必ず二十人以上の社員が整列して出迎え、最敬礼をしなければ鉄拳制裁を見舞われるというようなカルチャーは、僕には差別意識にまみれているとしか見えなかった」と言い、「世間の常識からズレてしまった企業集団は、何時どんな誤りを犯すかもしれないという不安感もあり、僕はコクド、西武鉄道グループと僕が関係している企業集団とは違うという形をどうしたら打ち出せるかと、機会を狙う気持ちになっていた」と書いている。これは、二〇〇五年三月、堤義明が証券取引法違反容疑で東京地検特捜部に逮捕され、有罪判決を受けたあとに書かれているのだが、そのはるかに以前からもっていた異母弟への嫌悪は、辻井喬の不幸のひとつだろう。

2

辻井喬は、自らの経営理念として絶えざる自己否定、絶えざる自己変革を目指してきた。その辻井喬が経営の一線を退き、八〇年代のセゾングループを回顧した時に、どんな感慨をもっただろうか。『自伝詩のためのエスキース』から「おいしい生活」の最初の部分を引く。

ダッター　ダーヤヅム　ダー／おいしい生活　ダッダー／おいしい生活とは何か／それは僕の旗印　僕の進軍喇叭／ダッター　ダーミヤーター／それでお前の生活はおいしかったか／／みんなのおいしい生活のために努力すること／それが僕の生活をおいしくすると言っても／聴衆は薄笑いを浮べて次の言葉を待っている／かれらはそういう言い方にうんざり／たいていの政治家はそんな嘘をつくし／だいいち「みんな」とは誰なのか／僕にも分っていないから言葉に迫力がない／部屋のなかは黄ばんだ午後の光に満ち／蚕が桑の葉を食べる音が／さざ波のように拡っている／まるで通勤電車から吐き出される／無表情なサラリーマンの靴音のように

ゴチック部分は、エリオットの『荒地』第五章、雷神からの引用だが、こうしたノイズをイロニーとして響かせながら、彼はなにを韜晦しようとしていたのだろうか。
辻井喬が『変革の透視図――脱流通産業論（改訂新版）』（一九八六年、堤清二名で出版）を書いた時、まだ「消費社会」という言葉は使われていなかった。ただそのことをガルブレイスの『ゆたかな社会』を援用しながら、「豊かな社会」の特徴のひとつとして「社会が裕福になるにつれて欲望を満足させる過程が同時に新たな欲望をつくりだしていく」と指摘している。また「消費者の考える生活目標が、従来のように単純な「物的充足」だけにあるのではなく「精神充足」といった拡がりをみせ、その結果、消費の内容および消費者の行動様式が根本的に変わってきた」と述べている。同じころ、マーケターたちは辻井喬が感じていた七〇年代から八〇年代への消費動向の変化を「少衆」（電通）、「分衆」（博報堂）という言葉で表現した。電通の藤岡和賀夫は『さよなら、大衆。』のなかで次のように書いている。

戦後の豊かさのイメージが所有の豊かさだったとすると、そのハビングが飽和状態になったところで、人々は持つことではなく、いかにあるべきか、ビーイングということに、自分だけの、あるいは自分らしい豊かさを求めざるを得なくなった。（中略）こうした時代になると、これまでは疑ってもみなかったこと、みんなと同じ顔でいるということがたまらなくいやになってきます。いや、もし同じ顔、つまり同じ属性の中にいるのなら、せめて表情は、生き方は変えていきたいと思う。／以前は隣が買ったからうちも買おうとか、みんなが買ったから自分も買おうといったのが、いまはまるで逆になりました。みんなが買うなら自分はいやだと、流行しているなら自分はいやだと。

藤岡和賀夫はマーケターの立場から、消費社会を述べている。大量画一生産から、多品種少量生産の時代へ。消費社会では、生産に対して消費が優位となり、消費の性格が変化していく。辻井喬は『消費社会批判』（一九九六年、堤清二名で出版）のなかで、一概に消費社会を批判しているのではない。それは「おいしい生活。」というキャッチコピーのコンセプト「成熟時代における精神的豊かさを志向する生活者像」と合致するのだ。だがあの八〇年代ははたして「成熟社会」であったのだろうか。本当に私たちは「精神的な豊かさ」を享受しようとしただろうか。あのバブル景気のなかで、私たちは無防備で、主体性のない消費者ではなかったかと辻井喬はいう。さらに私が付け加えれば、「失われた二十年」を経た今日、私たちの社会は「成熟社会」を実現したのだろうか。「精神的な豊かさ」を享受できているだろうか。少子高齢社会、人口減少社会が確実に進行しているなかで、誰が考えても経済規模は縮小していくのに、そうした社会への準備がなくて、アベノミクスというムード好況ばかりが喧伝されているのだ。

『消費社会批判』のなかで、辻井喬のもう一つの声として聞いたのは、わが国の経営者の経営理念のなさ、思想の脆弱さである。彼は信濃国松代藩恩田木工《おんだもく》の、十八世紀半ばの藩制改革の記録を訳し、解説を加えた『現代語で読む日暮硯』（一九八三年、堤清二名で出版）を『消費社会批判』

にも援用している。恩田木工の経営思想は、封建的秩序のなかにおける人間尊重（民主主義）であった。政策を決定するときは、武士、百姓、町人の代表から意見を聞いている。彼は民衆の支持を得られない政治は失敗することを知っていたのだ。これは古い話ではない。今でも十分に通用する話なのだが、こういう経営者はいるのかどうか。

『消費社会批判』が刊行されて二十年近く経って、そのころより企業のグローバル化は進み、国内産業の空洞化は深刻になっている。ブラック企業、非正規雇用、低賃金、長時間労働、離職率の高さ……。「成熟社会」、「精神的な豊かさ」、そういう言葉が使われた時代が嘘のようだ。たまたまネットを見ていたら、近頃、よく名前を聞く複数の企業のトップが異口同音に「今の若者は甘やかされて育っているから、厳しくしつける」式のお説教をしていて驚いた。経営理念という前にプアなのだ。

3

二〇〇三年十月初旬の土曜日、私は京都への出張の帰り、「つかしん」を見たいと思った。「つかしん」はセゾングループが兵庫県尼崎市のグンゼの紡績工場跡地二万坪を再開発し、新しい街づくりをめざした商業空間として八五年九月にオープンした。百貨店、専門店街、生鮮食品街、レストラン街、多目的ホールなどが、百貨店を除けば、高さを抑え、変化を付けて配置され、建物のあいだを通路が縦横に走り、大小の公園も設けられている。「つかしん」の真ん中には、伊丹川が流れており、川に並行して「せせらぎ通り」が通っている。

立石泰則の『漂流する経営――堤清二とセゾングループ』によれば、この街づくりの内実をもたせるために、辻井喬はカエルが卵を産んでオタマジャクシになりまたカエルになる、それが観察できるような空間にしようと言い、トンボが飛ぶ環境を作ろうと提案したという。尼崎という重厚長大のイメージのある工業地帯のなかに、こうしたエピソードに象徴されるような、うるおいのある有機質の街を作ろうとしたといえるのだろうか。

その日「つかしん」で撮った何枚かの写真を今取り出して見てみると、私の憮然とした思いがよみがえってくるようだ。一枚は飲み屋横丁の写真。たとえばミッドタウンや六本木ヒルズなどにある飲食店街ならば、新しい無機質の店としてそれなりのつきあい方ができるかもしれない。けれども「つかしん」はそれをめざしはしなかっただろう。新宿西口の小便横丁（思い出横丁）、花園神社脇のゴールデン街のような生活感、猥雑感とは異なる新しいリアリティが、この書き割りのような横丁からは見えてこない。また一枚は、教会の写真。立石氏によれば、辻井喬は「つかしん」のコアとしてこの教会を建てることに熱心だった。このことについて準備室のスタッフは宗派問題を解決するために大阪クリスチャンセンターの協力を得ることでこれをクリアしたという。それにしてもなぜ教会なのか。日本人のメンタリティとどこでつながっているのか、やはり私には分からないのだ。

西武百貨店つかしん店はリボン館と改称され、百貨店はリボン館の一テナントとして出店する形に変わっており、新たにユニクロ、百円ショップのダイソー、コープなどが出店していた。〇三年当時、セゾングループは実質的に解体しており、私が行った翌年には、「つかしん」からも撤退して、土地の所有者であるグンゼが引き取る形でリニューアルオープンすることになる。結果として「つかしん」がオープンしてから撤退するまで十九年間一度も黒字にならなかったとか、尼崎への進出に際してマーケティングが充分ではなかったということが私にとっての問題ではない。辻井喬が精魂を傾けた「つかしん」が、コンクリートの残骸のようにしか見えてこないのが不満だったのだ。

私は「つかしん」についてどう思うか、ふたりの先輩、友人に話を聞いた。ひとりはすでに紹介した中大ペンクラブの先輩で、首都圏の百貨店に勤めたYさん。

――「つかしん」が撤退する前の年に行って、つまらないというのはアンフェアだよ。うちのデパートは、駅前の畑しかないようなところに一番早く郊外型ショッピングセンターをつくったんだ。あんなところでうまくいくはずはないって、さんざん陰口たたかれながらさ。結果は当たりだったんだ。堤さんはやっぱり先見の明があった人だよ。いろんな模索の過程で「つかしん」はあった。実験店舗の要素もあったし、実験しやすかったのも事実だよ。行ってみて分かっただろうけれど、変な場所なんだよ、グンゼの跡地って。JRの尼崎駅からは遠いし、電車で行っても歩く。あのあたりは高級住宅地のイメージがあるから、いちばん無難なのは、一戸建て住宅を建てるとか、低層マンションを造るとかだろうな。あの場所でなにかやるとしたら、ダメモトでやるしかない。ショッピングセンターでなくて、街づくりをしようとしたのが堤さんらしいんだ。あの映画のセットみたいな飲み屋横丁ね。華僑の人たちはああいうのが好きなんだよ。洗濯物って日本ではベランダと並行に干すけれども、中国では洗濯竿を家の窓から外へ突き出して干すだろう。華僑の人の作る町って、わざわざそれまで再現している。僕はなにか、それに相通じるものを感じたなあ。

もう一人は、同人詩誌「SCOPE」をともに作っていた上久保正敏。彼は早くから辻井喬に注目して、「SCOPE」に「辻井喬論」を書き、彼の魅力を私に教えてくれた友人だ。彼は生業の経営コンサルタントとして、セゾングループではないけれども実際に街づくりの仕事も手がけていた。

——堤さんの発想はいつも斬新だったと思う。八〇年代、街づくりという形で複合開発を引っ張っていったのは堤さんなんだよ。開発のコンセプトを街づくりと考えていた。だから「つかしん」ができた時も、僕はすぐに見に行ったよ。あの「生活遊園地」は、誰も考えつかなかったんだ。行ってすぐ思ったのは、人工的にトライアルした街づくりなんだなということだった。教会もあるけど、祠もある。銭湯もつくろうとしたんだけれど、うまくいかなかったみたいだ。あそこでひとつだけ高いビルは西武百貨店。それを山に見立てて、山登りするような感覚で斜行エレベーターを作った。今だと、巨大ショッピングモールというのは当然、車の利用を前提に作るから道路網がしっかりしていなければならない。「つかしん」は、道路の拡幅工事が頓挫したからうまくいかなかったといわれているけれども、それは最初から分かっていたことだ。百貨店としては小さかったし、失敗する確率は高かった。「つかしん」みたいに無から有を作り出す、失敗しても何か得るものがあればいい。そんなことを言うと、オーナー社長である堤清二だからだと、やっかみ混じりにいわれただろう。セゾンは借金体質の企業だっていうけれど、借金も財産のうちというのが堤さんの考えかただった。流通業って日銭が入るんだよ。あんまり恐がらずにやったのは、ダイエーとセゾンだけだな。バブル景気の崩壊で、セゾングループのなかでは、「西洋環境開発」がいちばん悪く言われるけれども、歩行者と車の共存を考えた、仙台に七ヶ浜ニュータウン汐見台（一九八〇年）、自然に配慮した京都の桂坂ニュータウン（一九八三年）など高い評価を得た。「つかしん」とは違う街づくりをやっている。こういうところは、実際に行ってみるとよく分かるよ。

生業として、辻井喬を見ていた先輩・友人の話を聞いていると、だんだんに彼が「つかしん」に精魂傾けた理由が分かるような気がしてきた。ただ実際に「つかしん」を運営したのは、別の人間であった。別の人間は、オタマジャクシが孵化するはずの川に水道水を流してしまったから、カエルは生まれることはなかった。トンボの姿も見ることはなかった。すでに辻井喬が若い時期にマルクス主義に心酔し、生涯左翼であることを自認していたことは書いた。ふたりの話を聞いたあとで、ふと彼は左翼であると同時に、多分に近代主義者でもあったのだということに思い当たった。だから街づくりに教会が入ることは、それなりに符合するだろう。もちろん単純に近代主義者ということでは割り切れないところに、辻井喬の辻井喬たる所以はあるのだが、ここではとりあえず、そう感想を記しておくことにする。

4

一九八〇年代の後半のある年の歳末、私は友人たちと待ち合わせ、タクシーで帰ることにして夜遅くまで酒を飲んだ。その夜、池袋東口の西武百貨店側のタクシー乗り場で待っている人の多さに圧倒された。もちろん忘年会のシーズンであったから、多少待つことは覚悟していたが、一瞬、何で人がこんなに並んでいるんだろうと思い、それがタクシー待ちの人たちであることに気がつかないほどだったのだ。あれがバブル景気と呼ばれた時期のはじまりだったのだろう。そのしばらくあとから、酒を飲んでタクシーを利用するなら、午後十時半までか午前二時すぎといわれるようになった。三十年近い昔、あの夜の池袋西武前の光景が今でも私の眼裏に焼きついている。

西武百貨店は、一九八七年度、売上高で三越を抜き、業界第一位の座を獲得した。もっとも池袋西武単独の売上としては、五年前の八二年に三越本店を抜いていたのだが、辻井喬が入社して三十三年が経って、駅前ラーメンデパートといわれ、三流百貨店であった西武を名実ともに首位の座に押し上げたのだ。『セゾンの歴史　下巻』によれば、この時期の前後、セゾングループの基幹会社の社長が、辻井喬から西武百貨店生え抜きの人たちを中心に交代し、若返りを果たしてゆく。「一九八三年以後、堤は積極的に後継者に権限を委譲し、あるいは外部から適切な人材を招聘し、グループのトップ人事におけるいわば「ポスト堤清二」への布石を打ってきた」と記されている。九一年三月、辻井喬はセゾングループ代表を辞し、セゾングループ間の調整機能を強化する必要性から設立されたセゾンコーポレーションの会長となった。よく彼はバブル崩壊によってセゾングループの経営が破綻し、代表を辞したようにいわれるが事実ではない。辻井喬が代表を辞したあとにバブル崩壊が起こって、やめることができなくなったというのが真実だろう。

八七年三月、辻井喬は還暦を迎えた。立石泰則の『漂流する経営』によれば、同年五月、彼は大岡信や安部公房ら親しかった詩人や作家を麻布の自邸に招いて、還暦を祝うパーティを開いた。その席上、彼は引退後は詩人・辻井喬として生きたいという意味のことを言ったという。新潮社から刊行されていたエッセイ集『深夜の読書』（一九八二年）にはじまる深夜シリーズは五冊目の『深夜の孤宴』（二〇〇二年）で終了する。そのあとがきに「五冊を通じて私が奏でていた低音はどう考えても経済人的ではないという自覚があり、その通奏低音は明らかに反体制的なのである」と言い、それは「深夜叢書」とするしかなかったが、今後はその必要がなくなったとして「深夜シリーズ」を終了すると述べている。これを一応の経済人としての辻井喬の引退表明と考えると、純粋に詩人・辻井喬の時間は、晩年の十一、二年に過ぎなかった。

さて私の考えでは、戦後詩は七〇年代中葉には終焉した。戦後詩のなかで、わが国で初めて思想詩と呼べる作品が成立した。鮎川信夫、谷川雁、吉本隆明、黒田喜夫などの諸作品をそう呼ぶことができると思う。けれども戦後詩の終焉、断絶のなかで、長らく若い世代からはこれを引き継ぐべき詩人は現れなかった。むしろ私たちが学生であった七〇年当時は「詩を書く経営者」としてその名前を知られていたが、議論の俎上にはのぼらなかった辻井喬によってそれは引き継がれようとしていた。八〇年代、辻井喬は詩集『沈める城』に引き続き、『たとえて雪月花』（一九八五年）、『鳥・虫・魚の目に泪』（一九八七年）、『ようなき人の』（一九八九年）の四冊の詩集を刊行した。『たとえて雪月花』から、「崖椿」の前半を引く。

蜘蛛の糸を引いて落ち／地上に伏せる紅が／血よりも澄んでいたとしても／あきらめのために／はなびらが重くなったからではない／匂を立てない花は／それだけ深く／装いのむなしさを知っているから／くらい存在の奥にひらける／あかるい海を見ようとして　背伸びし／枝から想いを解き放したのだ／言葉は　ずっと前から力をなくしていた／風は死に／椿は落ちる／ひろがる沈黙の波紋は／通りすぎた冷たい雨のあとの　葉先にふるえ／ふかい緑が西日を反射している／時の崖の下から／海の音が昇ってくる／波濤が遠くで繰り返す／季節が移ってゆくのを予感して／蜘蛛は不機嫌に／それでもまだ獲物を待ち／空の向うへ／キラキラ光って流れてゆく糸を見ている／試みる前に衰えたので／はたされることのなかった反逆／あるいは　自らの法則を無視して／星にむかって走った頃の／ほそい鋼のような道／仲間の志は零落し／さいごに残ったひとりは／遊撃戦を歌いながら死んでいった

「さいごに残ったひとりは／遊撃戦を歌いながら死んでいった」の二行は黒田喜夫の死への哀悼がこめられている。それにしても「崖椿」を題にしながら、なぜ「言葉は　ずっと前から力をなくしていた」ことを言わなければならないのか。どうして「試みる前に衰えたので／はたされることのなかった反逆」というフレーズが生まれるのか。また「あるいは　自らの法則を無視して／星にむかって走った頃の／ほそい鋼のような道」とは何を追想しているのか。「雪月花」とは、言うまでもなくわが国の自然の美しさ「冬の雪」「秋の月」「春の花」を指す言葉だが、八〇年代の辻井喬にとっては、もはや自然の美しさをそのままに愛でることは自らにとって誠実なことではない。だから彼は「雪月花」ならざる「雪月花」を生み出さなければならない。そこには、批評がなければならず、その批評にはイロニーが含まれなければならなかった。『鳥・虫・魚の目に泪』から「啄木鳥」の冒頭部分を引く。

きつつきはたたく　たたく／たすけを呼ぶ技師のように／／「私ハモウ駄目デス　モウ駄目デス　駄目デス　赤イ帽子ヲ被ッタ骸ヲ見付ケタ人ハ　落葉ヲ集メテ焼イテ下サイ」／／森があんまり静かなので／たしかな地図を手に入れようと／あせり　まどい／凍土を打つ流刑者の杖に見立て／幹をつかみ　くちばしを突き射し／地中から空へ／ひそかに上昇する樹液に交わろうと／ととのった体制の槲《かし》の周辺をまわる／風はなく　見えない衣が翻り／黄色い葉がいっせ

いに落ちはじめる／くらく深い空間へ／きつつきは木から木へ移って／わきめもふらずに時を刻む

こうした詩を読んでいると、辻井喬にも企業のトップとしての重圧におしつぶされそうな時期があったのだなと思えてくる。『叙情と闘争』では、「一九八〇年代後半のビジネスマンとしての自分の動きをふり返ってみると、毎日宙を飛んで走っているような繁忙の中にいる。〔中略〕一方で、母の死後（一九八四年――引用者註）、僕の著作活動が目に見えて活発になったのは、もう何をどう書いても母に迷惑はかけないという妙な解放感ばかりでなく、ビジネスの分野での緊張が筆を進ませるという、一見矛盾しているような心の状態もあったように自分では思う」と述べている。「緊張が筆を進ませる」とは彼らしい言い方だが、それも程度の問題だろう。こうしたくだりを読んでいると、詩に強くカタルシスを求めた辻井喬が見えてくるようだ。『ようなき人の』の「泳ぐ人」の次の一節。

泳ぐ人は不確かなキーボードを叩いて
せわしなく通信を送る
世界を取り戻そうと
「すべての歌は壊れました

残っているのは暗い虹
そちらに燃えるものがありますか」

この末世紀、絶望感の表明が、「セゾン文化」を演出し、「おいしい生活。」のキャッチコピーに象徴される「成熟時代における精神的豊かさを志向する生活者像」を実現しようとした辻井喬の姿なのだろうか。彼は消費社会の到来を一方で好ましいことだと思いつつ、一方でアノミーな社会の到来を深く危惧していた。彼は常に自分の中で矛盾する存在であり続けざるを得なかった。八〇年代、わが国の現代詩は、ようやく七〇年代の詩の断絶による停滞を脱しつつあり、ともかくも活況を呈するようになってきた。けれども辻井喬のこれらの詩集も、『沈める城』の時と同じく、私の知る限り、詩人たちの間では話題にならず、黙殺に近い扱いを受けたのだった。

第8章

大伴道子と堤邦子

1

七月十二日（二〇一四年）、軽井沢のセゾン現代美術館で「堤清二／辻井喬　オマージュ展」のレセプションが開かれ私も参会した。東京の高輪美術館（一九六二年開館）から移転して一九八一年に開館したのがその前身だが、九一年、セゾン現代美術館に改称した。これと並行するように七五年に池袋西武百貨店内に西武美術館（のちセゾン美術館）が開館して、四半世紀にわたって親しまれたが、九九年に閉館した。セゾン現代美術館には、辻井喬自身の選定によるコレクションのほか、セゾン美術館の展覧会ごとに買い上げられたコレクションも多く加えられている。

館内には、辻井喬の初期から晩年に至る著作の他に、原稿、京大カードに書かれたメモ、学生時代のものと思われる「文化運動理論」「Das Kapital」「近代日本文学史」「詩集」などと表題の書かれたノート類が展示されていた。それらはお世辞にも上手な字とはいえないが、それらの字の連なりを見ていると、思わず知らず、彼のねばり強い思考というものがかいま見られるような気がしてくる。また晩年まで使われていたと思われる机、椅子、万年筆など筆記用具、置時計、地球儀など彼の身の回りにあった品々が展示されてもいた。

西武劇場オープニングのポスター、西武美術館の開館のポスター、西武百貨店の「女の時代。」（七九年）、「じぶん、新発見。」（八〇年）、「不思議、大好き。」（八一年）、「おいしい生活。」（八二年）の一連のポスター、また「おいしい生活。」と書かれたウディ・アレンのサインの入ったパネル。さらには、辻井喬が手がけた西武百貨店、パルコ、クレディセゾン、無印良品、LOFTなどの壁紙が貼られた展示コーナーもあった。

当日は、難波英夫館長によるギャラリートークがあった。生業として堤清二の側から辻井喬・堤清二に関わった人の話として、示唆に富む話だった。彼は辻井喬の初期の著作の前に立ち止まって、『不確かな朝』のなかの「肖像」を朗読して自らの解釈を示した。

柔かい　肉の下に／怒り肩の　骨を持っている／人間に会うと／「ここまでが君の領分」　と／溝をひく／決して　呼びかけることをせず／呼びかけられることも出来ない／雲の帽子をかぶつた／山のように／／かつて　語りあつたことがない／友と／対話は／いつも密室の中で行われる／部屋は／鏡ではりつめられ／たくさんの顔が　映つている／横向の顔／うつむいた顔／どれも彼の面影を持ち／唇を　歪めている／「淋しいのか」／と聞くと／「僕は　楽天家でね」／と答えている／強情な　顎の線が／雪の中の／橇のようだ

堤清二（辻井喬？）は「「ここまでが君の領分」と／溝をひく」。堤清二の「横向の顔／うつむいた顔／どれも彼の面影を持ち／唇を　歪めている」さまを、辻井喬が「「淋しいのか」／と聞くと」」、堤清二は「僕は　楽天家でね」と答える。こんな解釈ができるのではないかと難波館長は言った（と思う）。私のなかで『不確かな朝』は、学生運動の痛切な体験が綴られた詩集だという思い込みがあった。「白い塩」や「不確かな朝」を中心にして、辻井喬の挫折体験を考えようとしていた。けれども『不確かな朝』が刊行されたのは、昭和三十年（一九五五年）十二月のことだ。病癒えた彼は、衆議院議長であった父康次郎の秘書を務め、五四年九月には、西武百貨店に入社し、五五年十一月には取締役店長に就任している。難波館長の解説を聞いていると、「僕は　楽天家でね」と答える堤清二の顔は一層淋しげに思えてきた。彼はこういう孤独を生きてきたのだ。

難波館長の一時間ほどのギャラリートークは熱がこもっていた。彼は企業のトップとして走り続けた堤清二を語った。一方で西武美術館開館の挨拶「時代精神の根據地として」のなかで「美術館それ自体が、たとえば砂丘を覆う砂や、極地の荒野の上に広がる雲海のように、たえまなく変化し、形を変え、吹き抜けた強い風の紋を残し、たなびき、足跡を打ち消してゆく新しい歩行者によって、再び新しい足跡が印されるような場所であって欲しい」、「この美術館の運営は絶えざる破壊的精神の所有者によって維持されなければならない」と述べた辻井喬の精神について語り続けた。そしてどんな話の流れからだったか、難波館長から辻井喬の次の俳句が披露された。

辻井喬は詩人や作家が集まった「山の上句会」のメンバーだった。おそらくその場からこの句は生まれたのだと思う。かつて私は彼と「モダニズム再考の必要性」(「現代詩手帖」〇二年三月号)という対談をしたことがある。彼の近作『命あまさず――小説石田波郷』に触れた流れから俳句の話になった。辻井喬は短歌でいう「時局詠」、「社会詠」というものは、本来、詩として成り立ちようがない、「機会詩」は賛成しないという意味のことを言った。そのうえで、前年に発生したアメリカの9・11同時多発テロに触発された自作の「テロリスト」の句を挙げ、宗匠には叱られたが「批評精神がその人のなかに根源的にしまわれているかどうか、それがいちばん重要だと思」うと言い、「いまそういう批評精神がなければ、そもそも俳句も詩もないだろう」、「批評精神の欠如こそが、詩を衰微させている一番の犯人かもしれない」と語ったのだ。辻井喬の幾重にも屈折した思いで作られたであろう「テロリスト」の句を、私はよい句だと思っている。難波館長はどこかに発表されたこの句を知って言ったのか、あるいは辻井喬自身からこの句を聞いたのだろうか。

2

しばらく前、私は必要があって檀一雄が主宰した同人雑誌「ポリタイア」のバックナンバーを調べていた。「ポリタイア」（一九六八年一月創刊、七四年三月、第二十号で休刊。七五年十二月復刊、七七年五月第三号で終刊）とは、保田與重郎、浅野晃、中谷孝雄、芳賀檀らかつての「日本浪曼派」同人、林富士馬や眞鍋呉夫、古木春哉、谷崎昭男ら、戦前、戦後に「日本浪曼派」にゆかりのあった人たちだけでなく、森敦や小川国夫、後藤明生、吉行理恵などさまざまな人たちが拠った雑誌だった。私もその晩期に同人に加えてもらった。ページを繰っているうち、思いがけず「ジャスミンの花」（「ポリタイア」第五号、六九年五月）を寄稿した大伴道子を見つけたのだ。大伴道子とは提操のペンネームで、彼女は歌人として吉井勇に師事し、戦後、前川佐美雄の歌誌「日本歌人」に参加した。前川佐美雄は、「日本浪曼派」の近傍にいた歌人なので、「ポリタイア」への大伴道子の寄稿は彼の紹介によるのかもしれない。

「ジャスミンの花」は、弟から姉への書簡の体裁で書かれた八枚ほどの掌篇である。弟は商事会社に勤め、ニューデリーに赴任した。かつて弟は、大学時代の友人の一人が、一筋に燃えた女性との恋愛を捨て、別の条件のよい結婚に踏み切ったことを慨嘆した。しかしその弟は、日本大使館の晩餐会の席でサリカというインドの女性と深く愛しあう関係となるが、結婚はしないと書いてくる。手紙は「恋愛とは、いかなる代償を支払っても、なほ価値のあるものと思います。あらゆる苦悩、夥しい青春の燃焼を超えて、なほ価値あるものなればこそ、人々はその坩堝に惜しみなく身を投ずるのだと信じます」と結ばれている。この手紙を読み終えた姉は、次の言葉を添えている。「結婚とは、形式でなく、心である。／だが、現在何と多くの形式、嘘の小箱が多いことか。そして遂に、一生自分の妻を夫を、知ることなくして終る夫婦の多いことか」。この「嘘の小箱」とは、弟の手紙のなかのニーチェのアフォリズム「或る男は、英雄のように、もろもろの真理を求めて出で立ったが、ついに一つの化粧した小さい嘘を手に入れた。彼はそれを結婚と呼ぶ」からきている。

『大伴道子文藻集成（全六巻）』（一九八七年）は、短歌、詩、随筆、古典鑑賞、書画・造型から成っていて、小説というジャンルはない。随筆のなかに二篇の「創作」が入っているが、なぜかこの「ジャスミンの花」は入っていない。結婚と恋愛は別というふうな、一見、昔の女学校の生徒が悩みそうな問題と、ニーチェの言葉を挿入する旧制高校生ふうな思弁性のミスマッチに私は驚いたのだ。「ジャスミンの花」を書いたとき、大伴道子は六十歳を超えていて、なお結婚と恋愛の一致のかなわなかった自分の生涯を思い続けていたのだ。

大伴道子、つまり青山操のちに提操となる女性とはどういう女性だったのか。彼女は明治四十年（一九〇七年）、父青山芳三、母節の四女として、東京、本所区向島小梅町に生れた。父芳三は、当時八王子七十八銀行の頭取だったが、銀行はまもなく破産。彼女は大正十年（一九二一年）高等小学校を卒業し、女子師範を受けるが肺結核と診断される。翌大正十一年、市谷の日本女子商業学校普通科二年に編入するも、病気が悪化して休学。この前後に父母ともに亡くなる。一時、丸の内の会社に勤めるが、父の生前よりの知り合いだった十八歳年上の堤康次郎の迎えにより、府中に住むこととなった。のちに辻井喬、堤邦子の三人で三鷹に住み、さらに昭和十四年（一九三九年）、麻布広尾町に移るが、彼女が正式に康次郎の妻となるのは、昭和二十九年（五四年）のことである。

大伴道子の第一歌集『静夜』（一九五三年）は吉井勇の題簽、前川佐美雄の序文が付けられ、昭和六年（三一年）から書きためられていた四四六首が収められた。これらのうち、辻井喬、堤邦子にあてられた歌で、私の心に触れた作品をいくつか挙げる。

宿題のかたへに蜂の巣を置きて楽しめる子よ明日は十四か
いとせめて涙少くあらしめと十二の吾子の行末おもふ
刈萱が世を捨てしにもなぞらへむ悩みのために子は家を捨つ
もゝ色の花を見てさへ吾子思ふ親を捨てたる不覊の子なれど
汝行きて四面楚歌なるこの母は痩身ひとり荒野に立てり
かなしみの涙の壺をまた一つ抱き添へたり如月二十日

かなしみのいく山川を越え来り胸裂くるおもひの今日も又生く
いとけなき日のめぐし子よもろ腕に抱き死なむと思ひしいく度
純情のこゝろのゆゑの叛逆を母はうべなふ時は至りぬ
たまゆらを吾の見えねばもしやとて胸つかるゝよ子等言ふ哀れ
母上よよくこそ耐へてと涙のむ子よかなしみは深きこそよし
若ければ清きひとすぢ求むるをうべなふ母の胸も切なし

子供たちの成長を見つめ、よい人生を歩んで欲しいと願いながらも、彼らは堤康次郎に反抗する。辻井喬は除籍願を出したにも関わらず、喀血してしまう。堤邦子はダンス教室で知り合った学生との恋に失敗する。そうした時期の母の心情が痛ましくも美しく描かれている。大伴道子が歌を作り、文章を綴ることは夫康次郎には内密のことであったが、それが露見する日が来る。彼女の「新村出先生を懐う」(『大伴道子文藻　第三巻』所収)に新村出から康次郎宛に手紙が届く件がある。「追伸／令室大伴道子女史の御歌集〈道〉敬読いたし候」。そして次のように続いている。「私は主人の部屋へ呼ばれた。そして先ず、／――大伴道子というのは誰の名前だ――と詰問された。／いつかは知れる事と覚悟はしていたものの質問の真意を解しかね、私は一瞬とまどった。／主人の顔は嶮しかった。／〈私の、ペンネームでございます〉／〈どう言うわけで、そういう名前をつけた。お前にはちゃんと《提操》という名前がある筈だ〉／〈はい、提という名前はあまりに有名すぎて私が歌を作りますのに支障がございます。私一個のいのちの歌には、無名でありたいと願って、万葉の歌人になぞらえたものです〉／私は言い訳ともつかずこんな答え方をした」。

辻井喬の『暗夜遍歴』（一九八七年）は、歌人大伴道子として父堤康次郎と愛憎こもごもの生涯を過ごした母操を、彼女の短歌を通して描いた作品である。この事件に関わって、辻井喬は大伴道子が言い足りなかったことを補足するかのように、次のように書いている。

その日「大和歌人」の同人で一緒に「花影」という歌誌を出していた宮前真弓が、「すぐ来てちょうだい、面倒なことが起ったのよ」という電話を受けて麻布の屋敷に行ってみると、小田村大助と月子が無言のまま対座している部屋に通された。宮前が小田村と向い合うのははじめてだったし、二人の間に流れている険しい空気が彼女を緊張させた。／「宮前でございますが、何か?」と恐る恐る二人の顔を交互に見較べながら聞くと、／「大伴というのはどんな男だ」と、烈しい見幕の言葉が小田村から飛んで来た。眦を決するというのはこういう目のことかと思い知らされた表情で彼女を睨んだ小田村大助は、下手な言い逃れは許さんぞと言わんばかりに腕を組んで荒い息を吐いている。〔中略〕「これ、この、ここに、書いてある、大伴という男だ」と指差す手も震えて、昂奮のあまりに声も苦しげである。誤植でもあったのかと、宮前真弓は少し目を細めるようにして指差された箇所を見ると、〝一人静〟という詠題の下には大伴月子の名前が正確に印刷されている。宮前は、はたと思い当った。彼の異常な猜疑心については時おり聞かされていたから、月子にひそかに想いを寄せる大伴某という男がいて彼女がその名前を使ったのだと小田村は勘ぐり、そうなるともう嫉妬に目が眩むようになって自分を呼び寄せたのであろうと悟った。宮前真弓はおかしくなったのを一所懸命に押えて「ここにいらっしゃるのが大伴さんですが」と答えた。

辻井喬の父康次郎への敵愾心は、母の没後も健在だったといってよいのだろう。この微に入り細を穿った父の嫉妬心、猜疑心の描かれかたは、むしろ堤康次郎に同情したくなるほどの苛烈さなのだ。

3

辻井喬とひとつ違いの妹堤邦子は、兄と同じ自由主義教育を標榜する国立学園に通った。『叙情と闘争』によれば、「彼女は成績がよかった。五年生の時だったたか、東京中の数千人の小学生の模擬試験で二番になったぐらいである」と書かれている。その後、彼女は羽仁もと子が主宰する自由学園に進んだ。しかしキリスト教を背景とする自由主義教育は、戦争に突き進んでゆくわが国にあって、父康次郎の警戒するところになった。彼女は三年生の時、康次郎の命令で府立桜町高等女学校に転校させられた。敗戦の年に邦子は女学校を卒業したが、「女に学問は要らん」という父のひと言で進学の道を阻まれてしまった。

母操も邦子も向学心をもちながら、それぞれの事情で進学の道を閉ざされてしまう。邦子は英文タイプの学校に通いながら、ひそかにダンス教室に通い、その教室で、働きながら学校に通っていた青年と出奔する。この恋はうまくいかず、一度は家に戻り父の薦める会社の幹部と結婚し、ふたりの子供をつくるのだがこの結婚もうまくいかず、彼女は昭和三十一年（一九五六年）フランスに渡る。

堤邦子の『流浪の人』が出版されたのは、翌三十二年のことだ。主人公藤木瑤子は、東京に生まれ、恵まれた裕福な家庭に育ったが、幼くして交通事故で両親を失って、ミッションスクールの寄宿舎で成長した。兄弟はなく、四国に父方の祖父母はいたが「肉親の愛情というものは、過去の思い出に全く無かった」という設定になっている。パリで瑤子は、アンドレ・シモンという画家と出会い恋に落ちる。やがて彼らはいっしょに暮らすようになるが、アンドレとのあいだにこんな会話がある。

「だけど——私達はまだ、一つのものではないのね、アンドレ。」／アンドレはふと筆をとめて瑤子を見かえった。／「一つのもの？」／「そう。だって——あなたが描いているものは一つにかさなり合ったものではなく、二つのものでしょう？」／筆をおいてアンドレは瑤子の腕をとった。／「瑤子、それはどういうこと？　僕には判らない。僕達は二つの、たしかに別々のものでありながら、手をとって、一つの場処を行くのではないのかい？」／「では、愛は二人を一つのものにすることはできないの？」／「瑤子、それは夢だ——、夢というより、それはあぶない激情だよ。ねえ、瑤子、いいかい。僕達は愛し合っている。しかし、あく迄も君は君、僕は僕だ。二人はお互いの自己を無くしてはいけない。君は二人が二人ではなく、一つにかさなり合うことを——のぞむのかい？」／瑤子は黙っていた。アンドレは、少し曇った表情で、ゆっくりと瑤子にいいきかせるように云った。／「僕の願いはね、瑤子。一緒に愛し合って生きることで、二人がそれぞれに、より強い一人ずつになるということなんだよ。僕はそれ以上は望まない。その本来の目的をふみはずした愛が、二人の現実に、幸福を与えるとは思われないもの。そうじゃないかい？」／瑤子は、黙ってうなずいた。ながい、遠い道を行く二人の影が、永久に二つの影であるということに、何かさびしさを感じながらも、それは云わなかった。

瑤子はアンドレとの感情のずれを埋めることができずに、結局、破局を迎える。それにしても、ゆうに五百枚を超えるこの小説は、堤邦子がパリに滞在してわずか十カ月ほどのあいだに書かれた。彼女は日本にいた時、文学を学ぶ機会があったようだが、それにしてもこの小説の力は驚嘆すべきものだ。巻末にリュクサンブール公園で撮られた憂いを含んだ彼女の近影が収められ、「深窓の令嬢・傷心のフランスの日々」とキャッチフレーズがつけられ、売れ行きはよかったらしいが、必ずしも好意的な批評ばかりではなかったようだ。

辻井喬は「もし、なぜ自分が日本を離れなければならなかったかについて、主人公瑤子が生きてきた背景やその中で作られた心の構造が描かれていれば、少なくとも文学的作品としての反応は変わっていたのではないか」（『叙情と闘争』）と書いている。主人公の背景や心の構造を描くことは、当時の堤邦子にはつらすぎた。またフランスへの「亡命」が完遂してしまえば、次の小説を書く必要がなくなってしまったということになるのではないか。もっとも私は、堤邦子は『流浪の人』一作でも十分に堤邦子たりえたと思っている。うつろいやすい男女の関係を必死で繋ぎとめようとする思いの強さは、「ジャスミンの花」で敢えて結婚と恋愛は別と言い切った大伴道子と相通じるものがある。それにしてもこの母娘は、どうしてこうも男という生き物に翻弄されずにはおられなかったのだろうか。

辻井喬の『いつもと同じ春』（一九八三年）、は、妹久美子がフランスでカジノ経営をめぐって起こしたトラブルの顚末を書いた小説である。『叙情と闘争』では、「南仏のランドドッグ・ルシヨン地域の観光開発に外国企業として参加しカジノを経営したが、その運営が法に触れて七九年に逮捕されたのが躓《つまず》きの始まりだった」、「カジノは大きな利権だし、セゾンの理念と合わないという僕の忠告を彼女は拒否し、／「日本人はギャンブルというと、チビた雪駄を履いて目を血走らせている、馬券売り場や競輪場の光景を想像するでしょうけど、こちらでは社交場なのよ」／と、自説を譲らず方針を変えなかった」と記されている。幸い彼女は保釈になったが、「僕の撤退勧告は頑として受け付けなかった」という。辻井喬にとって、妹邦子は常に守らなければならない女性であった。女性であるために被った不利益を、かばってやれなかった負い目があったからだ。それでも小説には、妹に対して歯がゆい、口惜しい、舌打ちしたくなるといったトーンが常に感じられるのだ。

『いつもと同じ春』のなかで、もうひとつ「私」を悩ませているのは、妹久美子が家出をする時、残してきた二人の子供のうち、甥の充郎の精神の変調の問題だった。小説のなかでは、フランスに旅立つ際、久美子は「「子供はどうするんだ」と聞き返した私にむかって、／「パリに行って落着いたら呼び寄せます」と、小さく焦立たしげに叫んだ」が、彼女は「自分一人が生きてゆくのに精一杯だった」のだ。久美子の元夫は再婚し、充郎は捨てられるようにアメリカの高校生になっていた。出張で渡米した「私」は、「彼を呼び出して一緒に食事をした。充郎はレストランのメニューを手にしても、決して何が欲しいと言わなかった。その態度には、希望を述べれば、「学生のくせに生意気だ」と叱責されると頭から思い込んで、身を守ろうとしている頑なさが感じられた。怯えているようでもあり、反抗しているともとれた。それにひどく臭い。／「風呂に入っていないのか」／と聞くと、／「日本人みたいに好きじゃない」と、ぶっきらぼうに答えた。気怠い鬱陶しい声だ。私は自分の前に、突然見知らぬ生物が現われたような印象を受けて内心あわてた」。私はこの問題にこれ以上立ち入らないが、これもこの兄妹をめぐる不幸のひとつではないか。

もっとも、西武百貨店の躍進のなかで、パリ駐在部長だった堤邦子の働きを評価しないわけにはいかない。『セゾンの歴史　上巻』によれば、パリ駐在事務所が開設されたのは、昭和三十六年（一九六一年）十二月だった。これに先立つ三十四年十月、西武百貨店で「フランス展」が開催されたが、この時、フランス製品の買い付けに尽力したのは、まだ留学生の身分であった堤邦子だった。これを機に、西武百貨店は積極的な国際的事業を展開するにいたる。昭和四十三年（六八年）八月、この駐在部は欧州駐在部と改称して、フランスを拠点にヨーロッパ全域を活動対象とすることになる。彼女の働きにより、多くの有名ブランドの輸入代理権を獲得することになる。彼女は辻井喬の大事な片腕だった。

4

以下に私は、辻井喬の出生の問題について書く。私が書いてよいと判断したのは、このことに直接かかわるすべての人が故人となっていること、また出生の問題が、間違いなく彼の人生に大きな影を落としていると思うからである。辻井喬が亡くなった時、三浦雅士は読売新聞の「堤清二／辻井喬さんを悼む」(二〇一三年十一月二十九日)のなかで「堤清二は初めから悲哀のもとに生まれた。妹・堤邦子も同じ。実母を知らなかったのだ。だが、実母以上の存在になった養母・青山操すなわち歌人・大伴道子が二人を支えた。小説群を読めばこの三人の華麗な悲哀ともいうべきものが手に取るように分かる」と書いている。また立石泰則は、「週刊文春」の「セゾン文化の祖　西武・堤清二の知られざる素顔」(一三年十二月十二日号)のなかで「彼(堤康次郎)の七人の子供のうち、四人は異母兄弟でしかも母親を知らずに育った。／次男の清二氏は康次郎氏の妻が自分の母親でないことを幼少の頃から疑い、長じるに従い、それは確信となった」と述べている。彼らは、それぞれにある確証があって書いているのだと思う。辻井喬の最初の自伝的小説『彷徨の季節の中で』のなかに次の一節がある。

「美也ね、甫兄さんと本当の兄弟なのかしら」／突然美也は箸で摘んだ海苔巻を口もとに運ぶ手を止めて言った。ついでに聞く、といった何気ない調子だったから、かえって不意を打たれて私は美也を見返した。「どうして、そんな」暫くして私は責める口調で反問した。／「美也を生んだのはねえ、のぶちゃんだって言うのよ、ほら、ずっと三鷹にいた」／「ああ、それは孫清さんの発想だ」と今度は私は即座に言い返した。「ええ、孫清さんがそう言っていたって、緑さんが言うの。美也はあんまりお母さんに似ていないでしょう」／彼女は長いあいだ心に蟠《わだかま》っていたことを思いきって口に出したようだった。口に出せた時はもう心のなかで大きな比重を占めてはいないのだと思いながら、私はどうして私にしたのと同じような話を緑が美也にもしたのかと不審に思った。／「そんなこと嘘だと思う。僕だって母は別にいる、深川で花屋をやっているって此の間言われたばかりなんだ」

自分は母親に似ていないと美也は言い、「私」も緑から、自分の母親は別にいると言われたばかりだった。ふたりとも、自分たちは母親の違う兄妹ではないかという重苦しい不安を抱えていたのだ。

『父の肖像』に「私は昭和二年三月三十日に生れたとして届けられ、広田裕三郎、れん夫妻によって広田恭次と名付けられた。その後、昭和四年に両親が相次いで悪性の感冒で他界し、楠次郎、桜夫妻に引取られて姓が楠に変った」という一節がある。ところが「私」は父の伝記を書こうと思い、これが事実ではないことを知る。養母桜の遺品のなかから「大正拾五年拾壹月拾日　午前十一時五十五分　生れ　恭次／東京堂至誠病院産室／父　楠次郎／母　青山れん／と書かれている文書と、臍の緒らしい、汚れたまま乾燥した塊が出て来たのである」と記されている。『父の肖像』は潤色が加えられているので、私の分かる限りで訂正してみる。堤康次郎（楠次郎）には、五歳年下の弟淳二郎（裕三郎）がいたが、淳二郎は一歳の時、広田家の養子になった。彼は兄康次郎が、明治四十四年（一九一一年）、日本橋蛎殻町の郵便局を手に入れ、局長となったので手伝いをするため上京したが、大正十四年（一九二五年）二月死去している。ここに書かれている大正十五年（一九二六年）十一月十日に淳二郎と「青山れん」との間に辻井喬（恭次）が生まれることは不可能なのだ。また彼は、青山操に育てられたのであり、川崎文（養母桜）に育てられたのではない。

〇二年に神楽坂の日本出版クラブで辻井喬と対談「モダニズム再考の必要性」をした折のことだ。あれほど精力的にものを書いている人の割には、それまで年譜も書誌もなかった。そのころ河出書房新社から『辻井喬コレクション』全八巻の刊行がはじまっていた。対談が終わったあと、一緒に食事をしながら「今度の『コレクション』の最終巻の巻末には、年譜、書誌は入るのでしょう」と聞いてみた。すると彼は一呼吸おいて「……いや、まだ入らない」と言った。なぜと聞くのがためらわれるような答えかただった。もうひとつ「新潮」に連載中だった「父の肖像」について、なぜ母親が青山操ではなく、養母川崎文になっているのか聞いてみた。「ううんと、……僕は構わないんだけどね、後輩がね」と言った。思わず「後輩って?」と私は聞いた。「子どもたちのこと」と彼は答えた。うかつなことに、私はそのとき初めて立ち入ったことを聞いてしまった自分に気がついた。「青山れん」は青山操ではなかったのだ。

辻井喬の年譜、書誌の入った講談社文芸文庫の『暗夜遍歴』が出たのは、それから五年後の〇七年だった。柿谷浩一作成による年譜の出生に関する箇所は「一九二七年(昭和二年)/三月三〇日、父・堤康次郎、母青山操のもとに東京で生まれる。」(傍点引用者)となっている。『辻井喬全詩集』(〇九年、思潮社)巻末の年譜もこれを踏襲している。堤康次郎の従弟で草創期に西武の事業に関わった上林雄男は「わが堤一族　血の秘密」(「文藝春秋」八七年八月号)のなかで、青山操の「姉の子が清二さん、妹の子が邦子さん」であると述べている。先述した立石泰則の文章には、「幸いなことに、堤氏は晩年、実母との再会を果たした、という」と記されている。私にはこれらの書かれたことが事実なのかどうか確かめるすべがないが、仮にそうだとして、操と辻井喬の年齢差は二十歳。操の姉の子とすれば、それ以上年齢が離れていることになる。彼の「晩年」(「実母の晩年」と解釈するほうが自然に思えるが)がいつのことか不明だが、「実母」と再会したとすれば彼女はかなりな高齢だったことになる。

註　文中にある辻井喬の「テロリストになりたし朝霜《あした》崩れる」の句について、セゾン現代美術館館長の難波英夫氏に問い合わせたところ、以下のようなご返事をいただいた。二〇〇一年年末、用事があって辻井喬に会ったとき、「正月の休みはどうしているの」と聞かれ、「十二月二十九日に成城の横尾忠則宅に遊びに行きますが、ご一緒にいかがですか」と誘ったところ、同道することになった。横尾宅では、訪問者に芳名帳へのサインを頼む習慣があったが、辻井喬はサインとともに「テロリスト」の句を書き添えたという。難波氏によれば、当日は、共通の知己であった三島由紀夫の話になるかと予想したが、多くが9・11の話題になったという。ただ難波氏から「テロリスト」の句には、「遠く三島由紀夫も含んでいると思う」という指摘があった。私も同感である。

第9章

わたつみと伝統

1

八月三十日から九月四日（二〇一四年）まで、日本中国文化交流協会の日本作家訪中団の一員として、上海、杭州、北京の作家たちを訪問して懇談、懇親の機会をもった。一行は、佐藤洋二郎団長、富岡幸一郎、城戸朱理、小野田桂子、横松心平、事務局の池田尚広の諸氏に私を加えた七名。事前に事務局に、懇談の場で、聞きたいことを聞いて相手方は困らないだろうかと言ったところ、いや構いませんよ、発言に制約はありません。ただこちらの意見と一致するとは限りませんが、と言われた。毛沢東についてこんなやりとりをした。

――私は毛沢東を中国革命を成し遂げた実践家としては、優れた人だと思っている。日本にいる若い中国人の友人たちにそう話すと、彼らの意見は一様に厳しくて、彼のやったことは「全部悪い」と言う。文化大革命での誤りはあったとしても、すべてが誤りだったということはないだろうといっても「全部悪い」と言う。そのうち彼らは私のことを「毛沢東主義者」と呼ぶようになったので、私も彼らのことを「走資派」と呼ぶことにした（笑）。学生の頃に読んだ「井岡山《ジンガンシャン》の戦い」は面白かったという記憶がある。農村から都市を包囲するという中国革命の方式に興味をもった。ただ「文学は政治に従属する」という彼の文学論には、納得できなかった。日本では、一九五〇年代はじめ、日本共産党がコミンフォルム批判によって分裂し、所感派は、中国革命の方式を範として、山村工作隊や中核自衛隊などを組織しようとして失敗した。一九七二年、毛沢東の思想の影響を受けた連合赤軍は、群馬県内の山岳ベースで十四人の同志殺しをやってしまう。この失敗は致命的だった。連合赤軍事件以降、私は日本の左翼運動は滅んだと思っている。九〇年代後半、日本では、李志綏の『毛沢東の私生活』が翻訳され、彼の人心掌握術、女性問題が話題になったことがあるが、一般には忘れられつつある。中国ではどうか。

——エジプトのコミュニストから、ノーベル文学賞をもらった莫言についてどう思うかと聞かれて、よい作家だと答えたら（彼はノーベル平和賞を受賞した劉暁波の釈放を求めていて）どうして支持するのか、莫言は反コミュニズムの作家ではないかと言われた（笑）。今日、世界はますます息苦しさを増してきつつある。「イスラム国」の台頭などを見ていると、資本主義も頭打ちになってきているのではないかと思うが、若者たちはどのように世界を変えることができるだろうか。

二十世紀前半の時代、孫文、毛沢東、蒋介石の時代の中国は、不安定で自分の国の行末を皆が模索していた。毛沢東は強力な指導者で、一九五〇年代、建国まもないころの中国は平和だった。けれども平和はもろいものだった。中国の社会が安定した今、毛沢東を語ることはなかなか難しい。

もうひとりの若い作家は、現在、全世界的に二十世紀とは質的に違う危機的な状態が続いており、毛沢東を語ることはあまり意味がないと言った。

辻井喬は日中親善を求めて、一九七三年から二十八回にわたって訪中している。日中関係がはっきりと悪化した年を、小泉純一郎首相が靖国神社を参拝した二〇〇一年とすれば、それ以降の辻井喬の訪中は十九回を数える。彼はこの間、胡錦濤国家主席と三度会見している。一〇年九月、尖閣諸島中国漁船衝突事件、一二年九月、尖閣諸島国有化宣言によって両国の関係は一層険悪なものになった。一〇年以降、辻井喬は五回訪中している。このころ既に彼は体調がすぐれなかったが、日中関係の悪化を深く憂慮していただろう。最後の中国行は一二年十月で、この時彼は倒れた。

私が団長の佐藤洋二郎の誘いに応じて訪中したのは、辻井喬が晩年の九年間、会長を務めた日中文化交流協会からの訪中団であったからだ。彼の文化交流協会からの訪中は十三回にのぼるが、私は辻井喬が行った場所に行き、会った人たちと会ってみたかった。辻井喬の作品は、〇五年に『桃幻記』と詩集『異邦人』が、また一一年には『父の肖像』や『風の生涯』などの長篇小説が『辻井喬文集（全五巻）』として翻訳出版されている。それらの本は、中国の人たちにも読まれているようだったが、彼の仕事がどこまで伝わっているかは定かではなかった。中国の作家たちとの会食の時間、私たちは辻井喬についてこんな話をした。

——辻井喬がマルクスの思想に近づいた理由は、父親への敵対する感情からだったと言っています。それは不幸なマルクス主義との出会いだったと思います。

——でもそれはマルクス主義に近づく普遍的な理由のひとつでしょう。毛沢東は中農の息子でしたが、周恩来や鄧小平はフランスに留学できるほどのブルジョアの息子です。彼らに共通しているのは、封建的な父親に対する敵対心です。革命指導者のほとんどは、ブルジョアの子弟で、貧農の家からはなかなか出ないのです。

私はうーんとうなった。毛沢東も周恩来も鄧小平も、たしかに封建的な父親に反発してマルクス主義の思想に近づいただろう。けれどもそれは父親も含めた封建社会を覚醒させるための戦いであった。それと辻井喬の場合は違う……。そこのところを私はうまく伝えることができなかった。またこんなことも話した。

——さっき、山村工作隊の話が出たでしょう。主人公が山村工作隊に入って、地主を襲撃する計画を立てて失敗する小説は僕が翻訳したんですよ。

——「静かな午後」のことですね。日本共産党が分裂した時、辻井喬は山村工作隊とは逆の立場、中国革命を範とする立場とは違う共産党のなかの国際派にいたんです。また彼は結核にかかって病臥していた時期でしたから、山村工作隊との接点はなかったんですが、まかり間違えば、自分も関わっていたかもしれないとは思っていたでしょうね。

さらに、こんなやりとりもあった。

——西武百貨店では、一九八〇年に女性社員の再雇用制度、ライセンス制度を作ったんです。今でこそ、日本は女性の労働力に頼ろうとしていますが、当時は女性は結婚したら専業主婦になるのが当たり前といった時代でした。だからこの再雇用制度は、当時の企業としては画期的なことだったんです。その後で辻井喬が新聞のインタビューに応じて、「人間の半分である女性の力を活用しない手はありません」と語っています。彼の頭のなかには「天の半分は女性が支える」という毛沢東の言葉があったんだと思います。あれは中国の友人から「半辺天《ハンペンテン》」と読むと聞いたんですが。

――「半辺天《ハンペンテン》」は上海弁です。標準語では「半辺天《バンビエンテエン》」。中国にも女性に纏足《てんそく》をさせるような、男尊女卑の因習がありました。それを改めるため、男女平等であることをいうために毛沢東は「半辺天」という言葉を使ったのです。

私たちは、毛沢東も好きだったという東坡肉《トンポウロウ》をつつきながら、そんな話をして親しくなっていった。

2

先に私は、辻井喬と「モダニズム再考の必要性」（「現代詩手帖」二〇〇二年三月号）という対談をしたと書いた。その雑誌を書架から取り出してみると、先ごろ亡くなった那珂太郎の葉書が挟まっていた。「先夜はお会ひしたまゝ早目に失礼しました。その時、聞いた辻井喬氏との対談、楽しみにして読みましたが、失望、がつかり、お互に言ひたいこと（らしい）を言つてはゐるけれど、対談として切り結ぶことなく、断片的な感想の羅列で終わつてゐるではありませんか。〔後略〕」（〇二年二月二十八日消印）。「先夜お会ひした」とあるのは、「歴程」の同人会のことで、その時、辻井喬も同席していて、那珂太郎に彼と対談した話をして、この感想の葉書がきたのだ。

人は知らず、私は那珂太郎からしばしば葉書や手紙をもらったけれども、ほめられるより叱られることのほうが多かった。だから批判されることには慣れていたけれども、この批判はあたっていて、ずいぶんくやしかったという記憶がある。編集部から辻井喬と対談をやってほしいという依頼を受けて引き受けたが、どんな対談をやるのか具体的な打ち合わせがあったわけではなかった。彼の近作『伝統の創造力』（二〇〇一年）をもとに、詩の問題を話してほしいというふうな、おおまかな依頼だったと思う。

『伝統の創造力』自体は、面白い本だった。辻井喬は、野間宏を擁護しながらも「国民文学について」を批判せざるをえない。「野間宏の主張の本質的な欠落は、わが国民の文学を唱えながら文学的伝統との関係が全くと言っていいほどないことである。むしろ逆に「自我の封建制とのたたかい」という記述が繰り返されている。もしかすると彼は封建制という概念のなかに伝統を含めて考えていたのだろうか」と書いている。私の偏見かもしれないが、左翼が伝統という問題を正当に評価したことがあっただろうかと思う。それは結果としては、モダニズムの一変種としてマルキシズムがわが国へ受容されたからではないか。むしろ左翼を自認した辻井喬が、これまでの守旧派の「伝統を護れ」式の考えでなく、より積極的な意味で伝統を継承すべきだといったことが興味深かったのだ。保田與重郎が戦前、若者たちを古典にいざなう文章をしきりに書いたが、それは辻井喬がいう「伝統の創造」に近いことではないか。保田の表現する伝統がモダニズムをくぐったイロニーを含んだ文章であったから、守旧派のそれとは明らかに異なっていたからこそ、若者たちが鋭敏に反応したのではなかったか。

　対談のはじめに辻井喬は、三好達治と加藤楸邨の作品を二つずつあげた。そのひとつは、達治の「雪」、「太郎を眠らせ、太郎の屋根に雪ふりつむ。／次郎を眠らせ、次郎の屋根に雪ふりつむ。」と楸邨の「降る雪が父子《おやこ》に言《こと》を齎《もたら》しぬ」を比較して、「三好達治の場合は雪が降り積もっていく村落共同体の静けさのようなものを無条件に受容している」とする一方、楸邨の句は「雪が降り積もって、家に閉じ込められた父親と息子のあいだに対話が生まれたというふうに叙述に運動があ」ると語った。対談のこの部分は、「雉《きじ》の眸《め》」(「俳句αあるふぁ」二〇一二年四・五月号、のち『生光《せいこう》』(二〇一一年)所収)というエッセイに、よりはっきりと「三好達治の詩は美しく人々を引きつけるが、そのポエジーの質は小野十三郎が否定してやまなかった短歌的抒情そのものであり、楸邨の句は現代の抒情そのものとして伝統的生活様式に息を吹き込んでいる。／ここには、伝統短詩型だから抒情の質も伝統的、口語自由詩だから現代的、という通念が見事に覆《くつがえ》されている事例がある」と書かれている。楸邨の評価には私にも異存がないが、楸邨と比較される達治はいささか図式的な批判になってはいないか。

対談とか座談会というものは、読んでいるぶんにはそれぞれの立場の人の意外な一致点や相違点がわかって面白いのだが、実際に自分がやる立場になれば、話をうまく展開できなくてくやしい思いをすることがある。辻井喬との対談の時、三好達治の幼少期、父母妹弟と離れて暮らさなければならない家庭環境にあったこと、あるいは陸軍士官学校に入りながら、東大仏文を卒業するまでの屈折した経歴などが、どこか頭のなかにありながら自分のなかでうまく整理できていなかったから、反論あるいは疑義を呈することができなかった。彼の解釈では、太郎と次郎は同じ「村落共同体の静けさ」のなかにいたことになっているが、はたしてそうか。彼の家庭環境を考えた場合、太郎と次郎はずっと離れた町と村に住んでいたという解釈も成り立つのではないか。谷川俊太郎は中村稔、大岡信との鼎談「余情と伝統その虚飾の世界」(『現代詩読本　三好達治』所収)のなかで三好達治について「三好さんという人はあまりに人事に関わる雑事、夾雑物の類を沈殿させすぎて、上澄みばっかりを詩にしすぎたという印象を持った」と述べているが、「雪」もまた夾雑物を沈殿させすぎた詩だったのかもしれない。

この対談のなかで、私は『伝統の創造力』について、先に述べたような、戦前の保田與重郎の古典へのいざないと相通じるものがあるのではないかと言った。すると辻井喬は保田の文章はいま読んでも面白いと言い、それは一種、「日本の古典の脱構築」だったかもしれないと評価しながら、「保田與重郎は思想家だったかどうかについてはどうなんでしょうか。今もあまり変わっていないのかもしれませんが、いわゆる進歩的な人が自分の感性から浮上がったところで「近代化」を主張していた時期に彼は抒情性の豊かな散文を書いた。そこがちょっと疑問なところではありますます。なぜかと言えば彼の文章を読んで大勢の青年が戦争へ進んで出かけて死にました。私は自分の抒情に責任を持つこと、それが詩人としての思想の根底なんだと思いますから」とも言った。

私は保田の本を持って戦場に赴き、亡くなった若者たちに対して保田がどう思っていたかについて「戦後、保田は、自分の書いた文章を読んで、青年たちは自分を納得させて戦争で死んでいった。だから戦前、戦中に書いた文章についてはどんなにつたないと思っても一字一句変えないという意味の発言をしています。それが本当の責任の取り方かと言われるとちょっと困るけれども、保田はそのような意味での責任を感じていたと思います。また言っていらっしゃる意味での思想とは違うと思いますが、戦後の『絶対平和論』には、保田なりの戦争に対する反省が込められていると僕は感じます」と言った。

那珂太郎の葉書は、三好達治に対しても保田與重郎に対しても、辻井喬とは意見が違うはずの私が、達治については沈黙し、保田については「お互に言ひたいこと（らしい）を言つてはゐるけれど、対談として切り結ぶことなく」終わっていることを批判しているのだ。その批判が正鵠を得ていたからこそくやしかった。だから私はその翌年、辻井喬との対談を枕とした三十枚の「頸ながし鳥　臀おもし鳥——三好達治と戦争」（「江古田文学」五十四号、〇三年十一月）を書いた。彼の葉書はそれほどの挑発力をもっていた。たまたま辻井喬との対談が掲載された「現代詩手帖」に、那珂太郎の葉書が挟まっていただけのことだが、私はあの世の彼から、なお叱咤激励されているような気になった。

3

辻井喬の『群青・わが黙示』（一九九二年）は、詩人たちの耳目を集めた詩集であった。『群青・わが黙示』は、T・S・エリオットの『荒地』の本歌取りという形式をとり、『古事記』、『ドゥイノの悲歌』から多くの章句を借りている。また当時の若者言葉・口調やCM用語をノイズとして活用し、昭和という時代を生きた三島由紀夫から郡山弘史まで、また『戦艦大和ノ最期』の死者から『きけ　わだつみの声』の死者まで、おびただしい死者に手向ける鎮魂として書かれている。

「現代詩手帖」の吉田文憲、野沢啓、荒川洋治の「鼎談討議――一九九二年展望　同時代の意味と差異」（一九九二年十二月号）のなかで『群青・わが黙示』は、「エリオットやリルケやまた『古事記』といった内外のおびただしい引用から成り立っているけれども、これは明らかに入沢康夫氏の『わが出雲・わが鎮魂』のリメイクですよね。ただ結局、ここではもう「さみなし」の構造は成り立たない。「さみなし」をアリバイ証明にしてなにかを語ることができない。その分、私的な感慨の方が前面にせり出してこざるをえない。それが貴重だともいえるんだけれども、それが物足りないところでもある。いずれにしても、こういうかたちでの劇詩は不可能だなということをまざまざと感じさせる詩集ですね」（吉田文憲）、また「辻井さんはこの詩集で自分の詩人としての全部をここに賭けている、ある意味では構築的な詩集ではないか。そこには当然、いわゆる現代文明批判、一種の慷慨調というものが現れてきてしまうのだけれども、これが単に老いの繰り言ではないかたちで、現代的なポップな表現とか俗言なんかを取り入れて情報性としても豊かなものを作り出そうとしている」（野沢啓）。さらに「辻井さんの詩集の中に現れている作者の時代との関係を読んでいくとですね、これはぼく個人の印象かもしれないけれども、意外とまっとうな感じがしたんですよね。彼自身としては時代のことを書かざるをえないという主題に即して筆をすすめているのだけれど、実はやはりそのような試みを通して自分の個体史を実感したいし、そこで見出されたものが他の人とはちがっていて、それなりに独自であったという地点にたどりつきたかったと思うんですよね」（荒川洋治）と語られている。

こうした発言を今日の目で見なおしてみると、詩人たちはそれまで「詩を書く経営者」であった辻井喬が、思想という骨格を露わにもつ詩人として立ち現れたことに、どこかとまどいながら、肯定否定の度合いの違いこそあれ、それまでの自分たちの詩の経験から、なんとか反応しようとしたという感じが伝わってくる。

『群青・わが黙示』は、第二十三回高見順賞を受賞した。その選評（「樹林」高見順文学振興会会報十一号）には「あまりに多様なその引用引喩が軽く流れがちで、細部になほ未完性を感じさせられるところもなくはなかつた」（那珂太郎）、「言葉の選び方と組合せ方にはかなり疑問がある」

（丸谷才一）、「その思いは比較的穏当な文明批評の体を成していて、それが、劇詩的構成に期待された意外な発想や展開を抑えつけているのが惜しまれる」（岡田隆彦）、「私たちの世代にとって、自身の昭和史の原郷をなす戦後の焼跡時代、飢餓時代が、全体の中でやや軽く、やや淡いな、という印象をもちました」（佐々木幸綱）など、こうした受賞詩集にしては異例のこととして、批判的な意見が並んでいる。唯一、中村稔が「断片的にとらえれば、欠点が目につくことは事実である」としながらも、『群青・わが黙示』を「壮絶な失敗作」として「この詩集が貧しいとすればそれは現代詩の貧しさであり、この詩集が未熟であるとすればそれは現代詩の未熟さなのである」という言い方で評価している。

「昭和史を書く　それも詩で」という『群青・わが黙示』の惹句にならっていえば、昭和史を思想の問題として詩で書くといった気宇壮大な詩人はいなかった。鮎川信夫、谷川雁、吉本隆明、黒田喜夫など思想詩といってよい作品を書く詩人はいたが、詩人たちはこのようなタイプの思想詩を経験していなかった。とまどいながら批判はしてみたけれども、その詩の気配に、彼らは本能的に否定しさることはできなかったのではないだろうか。私がこの詩集をはじめて読んだ時の感想は、そうか、詩はこのように書かれてもよかったんだ、という一言に尽きる。私たちは、詩を保守するためにずいぶんと不自由な場所に自分たちを追いこんできたのではなかったか。

『群青・わが黙示』の続編として、『南冥・旅の終り』（一九九七年）、『わたつみ・しあわせな日日』（一九九九年）、さらに二〇〇一年、三冊の詩集を一本とした『わたつみ　三部作』が刊行された。「神の留守」(『わたつみ・しあわせな日日』所収)の後半を引く。

神も遊ぶ季節／海は青く　煌めく波は陸地に向って牙をむき／もう雷を孕むこともなさそうな積乱雲が／それでも水平線に立ち上って海を見下し／浜に降せなかった希望をそのまま載せて／船は港を離れてゆく　未練も悔恨もなしに／／やまとしうるわし／やまとに気をつけよ／／神が廃業する季節／あたりは豊かな遺失物で賑やかになり／のれんに染め抜いてあるのは／超現実主義ふうな四文字／民主主義／平等博愛／元本保証／そこではたと季節は消える　歌も熄む／それでも一本の棒のようなものに縋ろうと／路地の人は造られた広場に集ってくる／そこではじまる物語はどれも西部劇さながら／古い神の領域には馴染まない／／やまとすでになし／神の復活に気をつけろ

『群青・わが黙示』を含む『わたつみ　三部作』は、今でも賛否があって評価が定まったとは言いがたい。けれども戦後という時代を生きてきて、たとえば「民主主義／平等博愛／元本保証」が「超現実主義ふうな四文字」にみえてしまうというイロニーは、やはり辻井喬という詩人の存在を際立たせているのだと思う。それは詩のなかに、自ずと批評精神が内在されているからにほかならない。

4

『わたつみ　三部作』に収められた「詩が滅びる時――附　あとがきのあとがき」は、私たちの詩の現状を考えるとき、『伝統の創造力』と相補的に重要な論考と考える。辻井喬は昭和史を詩で書くにあたって、エリオットの『荒地』を参照したが「世界大戦をもたらした近代社会への深い絶望、懐疑がエリオットにこの長篇詩を書かせたのだという記憶が私にあり、あらためて作品そのものと、この作品についてのいくつかの評論を読んだ。そして不思議なことを発見したのである。／それは、わが国の翻訳とそれに伴う解説が『荒地』が書かれた時代背景にあまり触れていないということであった。〔中略〕わが国の詩、および文学の世界で、作品を、その作品が生まれた歴史的政治的社会的背景から抜き取って来て鑑賞しようとする傾向が強いのは、日本の詩や文学が意識としては社会や歴史から切り離されたなかに置かれているからではないか」と述べている。エリオットは、「伝統と個人の才能」のなかで次のように書いている。

伝統には、なによりもまず、歴史的感覚ということが含まれる。これは二十五歳をすぎてなお詩人たらんとする人には、ほとんど欠くべからざるものといっていい感覚である。そしてこの歴史的感覚には、過去がすぎ去ったというばかりでなくそれが現在するということの知覚が含まれるのであり、またこの感覚を持つ人は、じぶんの世代を骨髄のなかに感ずるのみならず、ホメロス以来のヨーロッパ文学の全体が——またそのうちに含まれる自国の文学の全体が——ひとつの同時的存在をもち、ひとつの同時的な秩序を構成しているという感じをもって筆をとらざるをえなくなるのである。この歴史的感覚は、時間的なものばかりでなく超時間的なものに対する感覚であり、また時間的なものと超時間的なものとの同時的な感覚であって、これが作家を伝統的ならしめるものである。そしてこれは、同時にまた、時の流れにおかれた作家の位置、つまりその作家自身の現代性というものをきわめて鋭敏に意識させるものであるのである。

ここでは伝統の問題がヨーロッパに限定されて語られてはいるけれども、普遍的に伝統の問題を語っていると考えてよいと思う。私がこうした一節から思い浮かべるのは、詩誌名を戦前もまた戦後もエリオットの『荒地』からとった「荒地」グループ、なかんずく鮎川信夫だ。辻井喬は「鮎川信夫の座標」(『深夜の散歩』所収)のなかで、「自らを思想の荒地に屹立させようとする態度を守った」、「一貫して〝日本的抒情〟への拒否の姿勢を守っていたことの意味は大きい」と評価している。一方で「敗戦から四十年以上経った今になれば、私達たちは、日本的抒情は彼が言うように月並で逃避的で反思想的だったのだろうかという疑問を、素直に持つことができる」とも書いている。つまり彼は「鮎川信夫は、戦争体験の風化を恐れるあまり、終生、日本的なものの見直しを拒んだ」例外的な詩人として認めようとしているのだ。

辻井喬はまた「詩が滅びる時」のなかで、折口信夫の「歌の円寂する時」（中公文庫版『折口信夫全集　第二十七巻』所収）に触れている。この文章は、大正十五年（一九二六年）、万葉復興の先頭に立っていたアララギ派の歌人島木赤彦が亡くなった年に書かれた。折口は短歌がこのまま衰弱していくのではないかという思いにとらわれていた。「歌を望みない方へ誘ふ力は、私だけの考へでも、少くとも三つはある。一つは、歌の享けた命数に限りがあること。二つには、歌よみ〔中略〕が、人間の出来て居な過ぎる点。三つには、真の批評の一向出て来ないことである」と言っている。三つ目の問題について、辻井喬が引用した部分を少し広げて引いてみる。

私の今一つ思案にあぐねて居るのは、歌人の間における学問ばやりの傾向である。此は一見頗結構な事に似て、実は困つた話なのである。文学の絶えざる源泉は古典である。だからどんな方法でゞも、古典に近づく事は、文学者としてはわるい態度ではない。けれども、其も、断片知識の衒燿《ヒケラカシ》や、随筆的な気位の高い発表ばかりが多いのでは困る。唯の閑人の為事なら、どうでもよい。文学に携る人々がこれでは、其作物が固定する。〔中略〕私は、気鋭の若人どもの間に行き渉つて居る一種の固定した気持ち、語を換へて言へば、宗匠風な態度に、ぞつとさせられる。かうした人々の試みる短歌の批評が、分解批評や、統一のない啓蒙知識の誇示以上に出ないのは、尤である。

私はエリオットが言う「歴史的感覚」、「過去が過ぎ去ったというばかりでなくそれが現在するということの知覚」、辻井喬が言う「伝統が現在に生きている社会」のなかにこそ、詩は生命をもつと考える。ただし、折口が言っているとおり、古典に目を開くことがひけらかしに終わるのであれば、詩もまた円寂の時を迎えるのである。いやすでに迎えているのかもしれない。

本当はもうひとつ、詩に固有の厄介な問題があるのだ。短歌や俳句がその起源を近代以前にもつのに対して、詩は明治近代のなかで成立した文学の一ジャンルである。短歌や俳句が師系（自分は○○を師とする、自分たちの歌（俳）誌は○○の流れを組む）の文学であるのに対して、詩は反「師系」の文学なのである。歌誌や俳誌の主宰者は「先生」（最近では「主宰」と呼ぶところも増えているらしい）と呼ばれるが、私の属する「歴程」では、草野心平が亡くなった今でも、彼を知る人は「心平さん」と呼び慣わしている。心平自身、自らを「先生」と呼ばれることを嫌ったという。またしばらく前、「歴程」のセミナーで参加者が入沢康夫に先生と呼ぶと、彼は「ここには先生はいない」と怒鳴ったことがあった。

反「師系」の文学である詩の世界では、詩人たちは常に前世代の詩人たち、詩のグループと対立、断絶を繰り返してきた。たとえば明治末期、口語自由詩の勃興と蒲原有明、薄田泣菫ら文語派の詩人たちの断絶、昭和初期、モダニズム詩系の「詩と詩論」の創刊と萩原朔太郎たちの対立、戦後、鮎川信夫らモダニズム詩出身の詩人たちの戦前モダニズム詩人たちへの批判。その是非は措くとして、詩の世界では前世代の詩人たちから、その成果を受け継ぐということがなかった。詩は常に一代限りで終わった。私たちの詩は、そうした事情を抱えているのだが、なお辻井喬が言う「伝統が現在に生きている社会」のなかにこそ、詩は生命をもつのだという遺訓をよく考えてみたいと思う。

註　辻井喬は「詩が滅びる時」のエリオットの引用に際し、篠田一士訳「形而上派の詩人たち」(『世界文学大系57　ジョイス　ウルフ　エリオット』所収、筑摩書房)、村岡勇訳「形而上詩人」(『エリオット全集3』所収、中央公論社)から採ったと記している。篠田一士、村岡勇が訳した作品は、同じエリオットの「THE METAPHYSICAL POETS」で、引用の一部は篠田一士であることが確認できたが、村岡勇訳となっている部分は、吉田健一訳「批評家の仕事」(『世界文学大系57』所収)の誤認と思われる。本稿では、辻井喬の文章の趣旨に近い、深瀬基寛訳「伝統と個人の才能」(『エリオット全集5』所収)から引用した。

第10章

辻井喬の遺業

1

辻井喬は、終生「職業文筆家」ではなかった。バブル崩壊後の話だが、私は彼から何度か「あと少し堤清二の仕事が残っています」と聞いたことがあった。それがある時、「これからは辻井喬だけでやります」と言ったことがあった。それでも世間は、彼を元セゾングループの代表であるとみなし「職業文筆家」であることを認めなかっただろう。もっとも、辻井喬はジャーナリズムからの要請を受けても、基本的には自分が書きたいもの、書かなければならないものしか書かなかっただろう。今がどのような時代であるのか、時代はなにを要請しているのかをねばり強く読み解こうとした。彼は決して書きとばすことのできない種類の文章を書いた。また対談においても同じスタンスで臨んだ。

辻井喬が『叙情と闘争』のなかで、「もう何をどう書いても母に迷惑はかけないという妙な解放感ばかりでなく、ビジネスの分野での緊張が筆を進ませるという、一見矛盾しているような心の状態もあったように自分では思う」と書いていることは既に紹介したが、彼の六十歳代以降の文筆活動は、目を見張るばかりだ。「二口女」という妖怪がいる。おそらくはしばしば飢饉に見舞われた寒村に出自をもつ妖怪ではないかと私には思われる。首の後ろにもう一つの口があって、家人だけでなく、自分の身体も食いつくすほどの妖怪だと聞いた。飢餓へのおそれがこんな悲しい幻想をつくりだすのだろうか。いささか無礼なたとえだが、六十歳代以降の辻井喬は、どこかこの二口女に似ていると書いたことがある。若いころに制約されていた表現への欲求が一挙に噴きだしてきたように感じられるのだ。

彼は『生光』(二〇一一年)の「序」で、自らの詩を書いてきた足跡をふりかえって、「『沈める城』で主題の思想性を大事にすることを覚え、一九八五年の『たとえて雪月花』ぐらいから、伝統的な感性を書法として現代に活用してもいいのだと気付いた」と言い、「どこかの宗匠のようにただ感性の祝祭に盃をあげてはいけないのだという自戒から」『わたつみ　三部作』を書いたと述べている。続けてこんなふうに書いている。

その作業が終って、少し自由に書かしてもらおうと思った時が、不思議なことに私がビジネスの世界から抜け出した時機と重なっている。おそらく批評をする人は、経営を離れたことが辻井喬を自由にしたと言うだろうと思う。それは間違いだ、詩人としての足取りは詩人のなかで完結しているのだ、と言い切る自信は私にはない。ただ、詩を書く人間に対する把握はなるべく散文的、あるいは小説家を分析するようにではなく分析してもらいたいと願うだけである。

辻井喬らしい韜晦を含んだ文章だ。むろん生業の多忙にかかわりなく「詩人としての足取りは詩人のなかで完結している」し「経営を離れたことが辻井喬を自由にした」からといって、それがよい作品を生む条件にはならないことは自明の前提だ。ここで彼が「私がビジネスの世界から抜け出した時機」といっているのは、『わたつみ』の最後の『わたつみ・しあわせな日日』の刊行された一九九九年あたりから、『わたつみ　三部作』が改めて一冊となった二〇〇一年までのことと考えてよいだろう。辻井喬には、母操の死によって「母に迷惑はかけないという妙な解放感」、「ビジネスの分野での緊張が筆を進ませ」た六十歳前後のころと、「ビジネスの世界から抜け出した時機」、七十歳をいくつか過ぎたころの二度にわたって真にものを書くことの解放感を味わった。この解放感という言いかたは妙だが、一度目は企業のトップにいながら、複雑な家庭環境にあった母への配慮からの解放、また二度目はビジネスの後退戦を闘ったあとの解放と言えばよいか。この二度の解放は、二段ロケットのように辻井喬の表現活動にはずみをつけた。

それを証明してみたい誘惑にかられて、私は「辻井喬年代別著作一覧」（巻末に掲載）を作ってみた。この一覧は、辻井喬、堤清二の名義を問わず、単行の詩集、小説集、評論集、エッセイ集、対談集を入れた。全詩集、選詩集、選集や楽譜、リーフレット、編著、共著の類は除外して作った。ある詩人にとって、もっとも力のみなぎるピークが三十歳代にあり、ある作家にとっては五十歳代であることがある。そうした詩人や作家が七十歳代、八十歳代になって衰弱しながらも成熟していく、あるいは力が枯渇し衰弱していくことは充分にありうることだ。ところが、辻井喬の場合、単行本の数だけでいえば、七十冊のうち六十歳代以降に出版されたものが五十二冊を占める。

詩でいえば、彼の核心を形成している『わたつみ 三部作』は、六十歳代の半ばから七十歳代はじめにかけて書かれた。またかつて自伝三部作といわれた『彷徨の季節の中で』、『いつもと同じ春』、『暗夜遍歴』は六十歳までに書かれたが、さらに自伝的な要素を含む『沈める城』、『父の肖像』という二つの大作は七十歳代に書かれた。『虹の岬』、『終りなき祝祭』、『命あまさず』、『風の生涯』、『茜色の空』といった評伝小説は、六十歳代後半から八十歳代にかけて書かれた。『変革の透視図』や『消費社会批判』といった自らの生業に関わる著作は五十歳代から六十歳代にかけて書かれたが、さらに八十歳代になって「回顧録」として「読売新聞」に毎週土曜に掲載され、単行本になった『叙情と闘争』は、一般に流布している「回顧録」のイメージをはるかに超えた興味深いエッセイであった。上野千鶴子との『ポスト消費社会のゆくえ』、また三浦展との『無印ニッポン』も、自らの経験を語り、将来への糧となるような対談として関心をもって読んだ。辻井喬は最晩年にいたるまで、力のみなぎった文筆活動を展開した。彼の書くものは成熟しないかわりに、力が枯渇したり衰弱することが微塵も感じられなかった。六十歳からの辻井喬が四半世紀の間に五十冊以上の本を刊行したということ、これはひとをして唖然たらしむる壮挙としか言いようのないものではないか。

2

辻井喬の宮崎学との『世界を語る言葉を求めて――3・11以後を生きる思想』は、辻井喬が最晩年に到るまで、常に時代にアンテナを立て、時代を見抜く洞察力をもっていたことがうかがえる対談だった。このふたりに共通しているのは、時代が違うとはいえ同じ日本共産党から除名されていることだ。辻井喬が一九五一年、共産党分裂の渦中でスパイとして除名されたのに対し、宮崎氏は、六〇年代末の全共闘運動の渦中で、共産党の秘密ゲバルト部隊として組織された「あかつき行動隊」の現場責任者として活動し、のちに除名された。

この対談でまず興味深かったのは、ふたりとも共産党という経験を収支決算で言えば黒字だと言っているところだ。辻井喬は「初期のマルクス、つまり共産党という組織をつくって運動を始める前にマルクスが書いたものは依然として素晴らしいと僕は思います。実際に運動を始めてしまうと筆の冴えがそちらに引っ張られてしまっている。『資本論』でさえもそうなんです。理論的でない文学青年の言い分のように聞こえるかもしれませんが、そう感じましたね。〔中略〕僕がマルクス主義を自分にとって黒字決算だと言えるのは、『聖家族』をはじめとして、まだ政党運動を始める前の、ヘーゲルから連なるマルクスがあるからですね」と言っている。さきに軽井沢のセゾン現代美術館で開催された「堤清二／辻井喬　オマージュ展」で「Das Kapital」というノートが展示されているのをみたと書いたが、彼は『資本論』を読んだうえで、初期マルクスのほうが魅力あると言っているのだ。

また宮崎氏は、「辻井さんは違うかたちだけれども、私が子供の頃から実家で触れてきた現場では、土方のおっちゃんやおばちゃんが働いているのを実際に見て「こういう人たちの生き血を俺たちは吸っているんだ。俺の親父はうまくやっていやがる」という批判を持ったんですね。そこから逃れるための魅力的な思想としてマルクス主義があったのかもしれません。〔中略〕黒字か赤字かでいえば、私は多分に黒字でした。いちばん恩恵を受けたのは、人を見る目をあたえてもらったことです。辻井さんが『彷徨の季節の中で』で書かれているように、集会なんかでアジっている奴がいると「あれは嘘だな」ということが瞬間的にわかって嫌な気分になるんですね。それは一般社会でも同じで、人を見抜ける感性を若い頃に養ってくれたのは共産主義の経験のおかげです」と言っている。彼らほどにマルクス主義を勉強し、かつ血肉化できるまでになって、はじめて左翼を自認することができる。私は全共闘運動を離脱した大学三年のとき、すでに自分が左翼ではないことを知っていた。

この対談のなかで、辻井喬は「今度の大震災で、地方の村や町にあれほどリーダーがいたというのは、僕にとっては非常に驚きでした。なぜそのリーダーがこれまで頭角をあらわせなかったのか。かさぶたのような中央集権が覆いかぶさっていたからです。中央集権が機能停止したとたんに、まだまだ優秀な人材が地方にいるということが見えてきました。〔中略〕ひとつは地方自治の問題があり、ひとつは過度の中央集権の排除の問題があります。原発の問題は結果として権力が人々を騙してきたということです。私は大衆の可能性を、いわゆる革新派が自分たちの思い上りから「日本の民衆は駄目だ」と一方的に思い込んでいたのではないかと思います。／その意味でも大災害からの回復はもとの日本の再現ではなく新しい日本のつくりかえによって行われなければならないのではないかと考えています」と述べている。

それはどのような日本の再構築であるのか。宮崎氏は原発問題について、以前から「ねばり強く脱原発の運動を続けている人たちがいることも知っています。しかし、福島の事故以前、私たちの大多数は、原発によって供給される電力をまったく無批判に享受してきた」、「今回の事故に私たち自身も加担している部分がある」ということを前提にしたうえで「いわゆる左派市民派、かつて革新といわれている人たちのなかに、「我々はもともと原発には反対だった。それみたことか、我々が言ったとおりになったじゃないか」というような発想を精神の落ち着きどころにしている人がいるということです。いやらしいですよ。自分が原発に反対していたことを免罪符にして、状況を高所から見ている。／そうでなくても彼ら左派は「脱原発運動を全国化する好機がいよいよきた」と考える」と批判している。私も原発事故が起こるまで、積極的に原発を容認したのではないが、黙認したことによって、原発のある社会を享受してきたひとりだ。その反省からしか、ものをいうことができないと思っている。

この対談が行われている前後の時期、二〇一一年七月に私は辻井喬に話を聞きに行った。そのとき彼は、この宮崎氏の原発問題と既成左翼の運動に関連してこんな話をした。

——今、国家と個人の間に存在する社会学でいうところの中間団体、企業もそうだけど、政党も労働組合もすべて信頼をなくした。若者の信頼をなくしてしまった。だけどね、若い人たちはね、彼らなりのコミュニティを作っている。それはたとえば湯浅誠たちの「年越し派遣村」の組織だったりする。このあいだ、高円寺で反原発の集会（四月十日）をやったら、思いがけず一万五千人の人が集まったという。そんなに集まったのは、何十年ぶりかだった。共産党とか社民党とかが主催しなかったからよかった。彼らが主催したら何百人しか集まらない。湯浅誠とかね、国立で景観保護運動で闘った高島屋の常務だった石原一子、そうした人が先頭に立つと集まる。今の中間団体がいかに信頼をなくしているかということだろう。労働組合の人間が、非正規雇用の人たちを、彼らは非正規労働者だからと平気で言う。あなた方は正規労働者で格が上なのか。あなた方は労働の価値について、権力が決めた正規・非正規を認めるのかというと不愉快そうな顔になる。私たちには関係がない、と逃げだそうとする。日本の労働運動ほど見事に堕落、腐敗、労働貴族化した運動はない。世界中さがしたってないのではないか。

辻井喬は、もどかしくも東日本大震災のあとのわが国がどのようにつくりかえられなければならないか、リアルな目で見ようとしていたのだ。彼はそのような政治的、思想的な問題についても最晩年まで現役であった。

3

永江朗の『セゾン文化は何を夢みた』は、一九八〇年代にセゾングループ系の洋書店アール・ヴィヴァン(ニューアート西武)に勤めた著者が、セゾングループの内側から、タイトルにあるとおりセゾン文化とは何であったかを問うた本である。彼は各章で、セゾン文化を作った部門、セゾン文化に関わった人、体現した人にヒアリングして考察を深めている。アール・ヴィヴァン/芦野公昭、リブロ/中村文孝、セゾン美術館/難波英夫、無印良品/小池一子、セゾンの子/小沼純一(彼は西武美術館オープンニングの日の来館者であり、アール・ヴィヴァンの客としてさまざまな情報を得ていた)、西武百貨店文化事業部/紀国憲一、そして最後に辻井喬から話を聞いている。

既に書いたことだが、私はもう三十年以上、西武池袋線と西武新宿線にはさまれた新宿区西落合に住んでいるので、池袋西武百貨店には日常的に接触し、「セゾン文化」というものにも触れてきたはずだが、この本を読むと、今にしてさまざまな発見がある。たとえば、池袋西武にある書店リブロは、「棚の中央、身長一六〇センチから一八〇センチぐらいの大人の目の高さよりやや下に、その時もっとも関心を持たれている著者やテーマの本が並べられている。そして、それを囲むように、左右、上下に関連する著者やテーマの本が並ぶ」という。本の並べかたにそうした配慮があったことを知らなかったが、最初にリブロに足を踏み入れた時、今までの書店とは何かが違うと思ったことははっきりと記憶に残っている。だから永井氏のいう「リブロの登場は、日本の書店の棚を変えた」というのも、あながち誇張だとは思えない。

それにしても池袋は書店の激戦区で、いくつか大きい書店があった。私は詩書を買うときは「ぱるこぱろうる」だったが、その他の文学、思想書を買うときは、リブロと西口にあった芳林堂（二〇〇三年、コミック部門を除いて閉店）を利用し、のちに東口のジュンク堂（九七年開店）が加わった。書店に足を運んで買うのとネットで買うのとは、開架式と閉架式の図書館ほどに違うと思いながら、今ではネットで本を買うことのほうが多くなった。ネット社会のなかで、実店舗の書店はかつてのリブロのような何かが違うと思わせる変革ができるだろうか。

「アール・ヴィヴァンの店頭で三十冊売れた本は、日本語版を出せば三百冊売れる」という話も興味深かった。当時、リブロポートからアンドリュー・ワイエスやエゴン・シーレなどの画集や写真集が出版されていたが、部外者はそれを、採算を度外視した趣味で作られた本だと陰口を言ったりしたが、実際にはアール・ヴィヴァンでマーケットリサーチをして刊行されていたという。この「和書十倍の法則」を言い出したのは別の老舗出版社で、時々、アール・ヴィヴァンに売れ行きを問い合わせていたという。一九九六年、フランスのガリマール社から、クロード・ロアの評伝の入ったバルテュスの画集が出た。それは翌九七年、河出書房新社から與謝野文子訳『バルテュス——生涯と作品』として出版された。私はこの両方の画集を持っている。ガリマール社版は、アール・ヴィヴァンで買ったのではなく、パリに行ったとき、サンジェルマン・デ・プレの角の書店で見つけたのだ。そもそも私はアール・ヴィヴァンを認識していなかった。その時は、バルテュスの絵が好きだったから小躍りして喜んだのだが、私はフランス語ができない。当分翻訳されることはないだろうと思っていたら、あっという間に翻訳された。これも「和書十倍の法則」に則っているのだろうか。ひょっとして老舗出版社とは、河出書房新社のことだったのか。

西武百貨店はものを売ることを生業にしている。永江氏はものを売ることと「セゾン文化」に関わる興味深いエピソードを紹介している。西武百貨店では、毎年ボン・マルシェという安売り市を開いていた。各売場からの目玉商品が催事場に集められる。書籍は再販契約で値引きできないが、アール・ヴィヴァンの洋書などはその対象とならないので、書籍部の目玉商品になる。婦人服売場などでは、開店と同時に客が商品に群がるが、客層が明らかに違うアール・ヴィヴァンのブースは時が止まったかのようだ。こんな時、ものを売る本体の西武百貨店の人間はどうみたのか。

殺気立った百貨店社員たちからは、「この穀潰《こくつぶ》しめ」という目で睨まれた。おそらく、セゾン文化の高揚期、いわゆる文化事業に直接かかわっていない部門の社員たちは、自分もセゾングループの一員であることに誇りを抱きながら、「あの穀潰しが」という軽蔑と憎悪も持っていたのではないか。それはこの国の人びとの、直接お金を生まないものに対する感情――嫉妬と羨望と軽蔑と憎悪――とも通底しているのかもしれない（セゾングループの凋落後、堤清二に向けられた批判の根もそこにあると私は考えている）。

「不思議、大好き。」、「おいしい生活。」というキャッチコピーに象徴されるイメージ戦略、西武美術館（のちのセゾン美術館）に代表される文化戦略に携わる人間が、実際の物販に携わる人たちにどのような感情をもたらしたか、どんな感情の軋轢を生んだかがよく分かるエピソードだ。永江氏はまた「社内的な評価ということで言えば、八〇年代、西武百貨店に応募する新卒者の八割が文化事業部を志望したという伝説がある。それだけ美術館をはじめ文化事業部のインパクトが強かったということである」とも書いている。学生という大衆がムードとして感受した「セゾン文化」と、実際のセゾン文化を牽引したものたちがめざしたものの乖離は、当事者にとっては、実は深刻な、危機的なものをはらんでいただろう。

4

セゾングループでは、新書判の「堤清二発言シリーズ」（非売品）が配布されていたということは既に書いた。第十九集『終始自分自身を否定する永久革命こそ経営持続の基本』に収められている同題のインタビュー記事（「週刊東洋経済」一九八六年四月五日号）は、辻井喬の経営理念が露わになっているようなタイトルだが、西友の豆腐とホンダのシティの話が面白い。西友は豆腐を外注していたが、製品の質が安定しないため、自社製品を検討してみることにした。ある調査機関に豆腐作りの見通しを調査してもらうと「豆腐は衰退食品」という報告を受けた。おかしいと思って、売り場に行って調べてみると、消費が減るより先に豆腐の製造が減っている。そこで思い切って自社製品として作ってみたら、一年目から黒字だった。また本田技研工業は、車は美しくあらねばならないという常識をくつがえして、座高を高くした実用車シティをヒットさせた。シティといえば、イギリスのロックグループ・マッドネスを起用したＣＭを今でも覚えているが、他社とは違うあの斬新な発想の転換は、企業文化の差なのだという。こうしたインタビュー記事の端々からも、辻井喬の経営者としての非凡さは垣間みえる。

『セゾンの挫折と再生』（二〇一〇年）の「序章　セゾンの理念とグループの形成」を執筆した由

井常彦は、辻井喬の企業観、組織観について次のように述べている。

スタートとなった一九五〇年代の西武百貨店以来、セゾングループ企業は企業経営の本質を創造と革新に求めてきた。利潤は「成功した革新に対する報酬」（シュンペーター）とされた。特定の資本や、企業による市場の支配・独占は批判されるべきものであったし、さらに利潤の過剰な蓄積による保守的・自己保存的な経営に対しては、批判の対象であり続けた。流通革新や経営革新によって、大きな利益が得られた場合も、現状に満足することなく、つぎの革新に挑戦すべきであり、そこでは成功体験の〝自己否定〟が行われなければならない。事実、西武流通グループ、セゾングループの四〇年余の歴史は「満足」や「停滞」の余地がない変革の連続であり、それが一九九〇年までの急成長の核心であった。

過不足のない解説だと思う。加えていえば、辻井喬には、独特の企業の行動の倫理規範みたいなものがあった。『セゾンの歴史　下巻』によれば、西友ストアーがコンビニエンスストア、ファミリーマートの第一号店を出店したのは、昭和五十三年（一九七八年）であった。セブンイレブン・ジャパンの第一号店出店に遅れること四年だった。実はセブンイレブンに先立つ一年前の昭和四十八年（一九七三年）、西友ストアーは実験店舗をオープンさせている。しかし辻井喬は「零細商店をつぶしてはいけないから、コンビニエンスストアはやらない」と明言した。現場では小売商と協力したフランチャイズ方式の採用を予定していたが、彼は直営店方式を念頭において、零細商店との対立を危惧したための遅れだったという。また辻井喬個人は、土地投機を厳しく禁じていた。堤康次郎の土地への執着は、猪瀬直樹の『ミカドの肖像』に詳しい。彼は戦後、皇室を離脱した皇族たちの土地を安く購入した。堤義明は康次郎の没後に、その土地に次々にプリンスホテルを建てた。そうしたことへの反発もあっただろう。

セゾングループは、バブル期を経たピーク時の一九九二年度には、会社数一六八社、従業員数十万八〇六五人であったという。そのセゾングループは、破綻して今はない。『叙情と闘争』には「基幹会社であった西洋環境開発と、それにも増して西友の関連会社であった東京シティファイナンスの経営が破綻して、その結果が西友本体をはじめグループ全体」に及んだからと言い、「僕はその頃、まだ残っていた西武百貨店と西友の株を全部差し出すことにした。しかし、それでも銀行側の反応はもうひとつ明解ではない。僕はそのことに気付いて、／「ではゲストハウスの米荘閣をそれに追加します。少なくとも百億は超えます」と言い、／「それは利益が出ている各社の存続を約束してくださることが前提ですが」と補足した。／こうしてようやく話し合いがまとまり、僕のビジネス界からの退去も可能になったのである。しかし結果として、それは第一次セゾングループの解散につながった。そうした経過のなかで、多くの社員が職を失わなければならず、企業を離れてしまった僕が彼らの力になりえなかったことは、僕の犯した罪のなかで一番大きな罪だと思っている」と述べている。

二〇〇〇年七月十二日の朝日新聞は「セゾングループ創始者の堤清二氏が、グループの不動産ディベロッパー、西洋環境開発（本社・東京）の巨額損失処理のために拠出する私財の額は、九〇億円程度にのぼる見通しとなった。これで、セゾン側と第一勧銀銀行など融資行で長く交渉してきた西洋環境の損失処理策はほぼ固まり、西洋環境はすでに決めていた特別清算による処理を来週中に東京地裁に申請する」、「「迎賓館」として利用されてきたグループ保有の施設「米荘閣」（東京都港区）の四、五〇億円規模とみられる売却益も充当される」と報じた。辻井喬が土地投機を禁じ、警戒していたはずの不動産部門から、セゾングループの崩壊がはじまったのだ。『わたつみ・しあわせな日日』から「片側町」の第一連を引く。

片側町を歩いていた
あたりはなんとなく明るいのだが強い光に乏しく
すれ違うひとの目は焦点が合っていなかった
かれらは猫に似ていたり鳥や昆虫の顔もあった
いちばん多いのは犬だったが
みんな無口で気不味いような恥しいような顔をしていた
いまいるのはこれまでいたところではないらしい
寄せてきた文明が引いた後の場所か

あるいは近代以前かと
幸せな日日を過してきた私は迷いはじめていた

辻井喬が到りついところが、このような場所であったとするならば、なにか痛ましい気がする。このような場所ではない、このような時代を招来させるために、戦後を働いてきたのではなかったはずではないか。二〇〇三年、セゾングループは多くの企業が他の資本系列に移ることによって、最終的に解体した。とはいえグループ各社は、それぞれに経営努力をはかり、独自の発展を遂げて今日に至っている。辻井喬が挑んだ事業は、壮大なゼロサムだったといってすますことができるか。彼の文業を、経営者の道楽としてやり過ごすことができるか。辻井喬と肩を並べる経営者はいるだろう。彼より優れた詩人はいるだろう。けれども辻井喬のように宿命的に経営者であり、かつ詩人であったような人物は、空前にして絶後なのだ。

覚書

一九九三年、私は「現代詩手帖」の「詩書月評」を担当することになった。詩集や評論集は編集部からダンボール箱で送られてきたのだが、その最初のダンボール箱のなかに、辻井喬の『群青・わが黙示』が入っていた。この詩集は、前年の七月の刊行になっており、時機がずれていたのだが、敢えて九三年一月号の「詩書月評」の巻頭で感想を述べた。

私がまず驚いたのは、「ノイズとしての鎮魂曲（あとがきにかえて）」のなかの「四六年前に日本の敗北で終った戦争にまだ正式な名前がついていない」という箇所だった。開戦にあたって政府が「大東亜戦争」（日中戦争を含む東アジアを主戦場とする対米英戦争）とつけた呼称を使うか、戦後、GHQがつけた「太平洋戦争」（太平洋をはさんだ日米戦争）を使用するかによって、戦争の性格がまるで違ったものになることを、辻井喬は知っている。今でも論争の的となっている「侵略」とか「反省」の方向が違ったものになることをよく認識している。そうした問題意識をもって、昭和史を詩で書こうとしたのだ。その時が「詩を書く経営者」辻井喬が、私のなかでくっきりと詩人・辻井喬として立ち現れた瞬間だった。それ以来、辻井喬について依頼があれば、解説を書き、批評を書き、その折々に時評でとりあげ、書評を書いて、最晩年まで彼への関心は続いた。

「現代詩手帖」に『群青・わが黙示』の感想を書いた少しあと、辻井さんが同書で高見順賞を受賞したとき、私はパーティの席上で誰かに紹介された。九四年、私が「歴程」に加えてもらってから、お会いする機会が多くなった。「歴程」には、私が畏敬する先輩が何人かいたが、辻井さんもそのひとりだった。一番よく同席したのは、私たちが昭和の終わりの五年半、いっしょに同人誌「SCOPE」を刊行していた仲間、山口眞理子さんが経営する銀座のバー「マリーン」だった（もちろん私は友達料金で）。「歴程」の同人会の帰りや、なにかの受賞パーティの帰り、あるいは用事があって辻井さんと会うとき、またふらっと立ち寄った「マリーン」でお会いすることもあった。辻井さんが決して偉ぶることのない人柄であることは、彼を知る人ならば皆よく知っている。思えば二十年、年に何度か、こうして辻井さんの謦咳に接してきたのだ。そのことを、今懐かしく思い返している、

一方で不遜な言い方になるが、私はあるときから辻井喬に対して、『EX-POST通信』、『プソイド通信』の著者、小山俊一に倣って言えば、「お前に用がある」と思うようになった。辻井喬の詩を読み進めていけば、当然、セゾングループのトップとしての堤清二の思想と行動とが絡んでくる。詩人である辻井喬は、左翼であることをやめてはいない。しかし堤清二は、資本主義社会のもとでの経営者であった。辻井喬＝堤清二という存在は、そもそも矛盾するものとしてあった。セゾングループの社史ともいうべきセリ・セゾンシリーズの『セゾンの歴史（上・下巻）』、『セゾンの活動　年表・資料集』、『セゾンの発想』は、私のように詩人・辻井喬を通して、

経営者・堤清二を知ろうとするものにも興味深いシリーズだった。ことに『セゾンの歴史（上・下巻）』は、第三者の研究者たちに執筆を依頼し、セゾングループの成功例、失敗例にかかわらず事実に踏み込んで、ニュートラルな視点から書かれている。だからこそ、堤清二の思想と行動、だけでなくその人間性もよくみえると思った。

「お前に用がある」。この「現代詩手帖」の連載で私は、そうしたスタンスで辻井喬という詩人の謎を解いてゆこうと思った。けれども、ひとつ謎を解いたと思ったら、予期せずに新たにふたつの謎が浮かび上がってきたのだ。そうした思いがずっと私の頭のなかから離れず、新たな謎をいくつも残しながら、この連載を書いた。

本連載にあたって私は、中央大学ペンクラブの先輩のY・Hさんから話を聞いた。彼は別の百貨店の社員として、堤清二を、西武百貨店を、セゾングループを見てきた人だ。また「SCOPE」同人で、畏友上久保正敏君にも話を聞いた。彼は既に八〇年代に「SCOPE」に「辻井喬論」を連載していた。上久保君から辻井喬の魅力を聞いていなければ、私は『群青・わが黙示』を見過ごしていたかもしれない。彼の生業は経営コンサルタントで、辻井喬、堤清二を両面から見てきた人だ。

連載中、私の書いたことの確認をとるためにセゾン文化財団の久保田克宏氏、セゾン現代美術館館長の難波英夫氏に問い合わせたところ、おふたりから丁寧なご返事をいただいた。それぞれの章の終わりに註記させていただいた。また成城学園総長排斥問題について、成城大学図書館の名前を存じ上げない方から、ご教示をいただいた。日本共産党中央委員会・資料室の名前を存じ上げない方々からも「アカハタ」の閲覧とコピーの便宜を図っていただいた。それぞれの方々のご協力によって本書は成り立っている。記して感謝申し上げる。

最後に「現代詩手帖」連載中、つねに叱咤激励してくれた亀岡大助編集長に感謝申し上げる。準備の整わないままはじめた連載だったが、なんとか書き進められたのは、彼のおかげだ。亀岡編集長が思潮社退社後は、後任の遠藤みどりさんに一方ならずお世話になった。本書の装幀を私の若い友人、佐々木陽介君に頼んだ。彼の装幀で本を出すのは、五冊目である。皆さんに感謝申し上げる。ありがとう。

二〇一六年七月十五日

近藤洋太

辻井喬年代別著作一覧

本著作一覧には主要な単行本や対談集を収め、全詩集、選詩集、選集や楽譜、リーフレット、編著、共著の類は除外した。

	詩集	小説	批評・エッセイ・対談
二十歳代　一九四七－一九五七年	①不確かな朝（五五年）		
三十歳代　一九五七－一九六七年	②異邦人（六一年） ③宛名のない手紙（六四年）		
四十歳代　一九六七－一九七七年	④辻井喬詩集（六七年） ⑤誘導体（七二年）	①彷徨の季節の中で（六九年）	①詩・毒・遍歴（七五年）
五十歳代　一九七七－一九八七年	⑥箱または信号への固執（七八年） ⑦沈める城（八二年） ⑧たとえて雪月花（八五年）	②けもの道は暗い（七七年） ③いつもと同じ春（八三年） ④静かな午後（八四年） ⑤不安の周辺（八五年）	②変革の透視図（七九年） ③深夜の読書（八二年） ④昭和の終焉（八六年）
六十歳代　一九八七－一九九七年	⑨鳥・虫・魚の目に泪（八七年） ⑩ようなき人の（八九年） ⑪群青・わが黙示（九〇年） ⑫過ぎてゆく光景（九四年）	⑥暗夜遍歴（八七年） ⑦国境の終り（九〇年） ⑧ゆく人なしに（九二年） ⑨虹の岬（九四年）	⑤現代語で読む日暮硯（八八年） ⑥堤清二＝辻井喬対談集（八八年） ⑦深夜の遡航（八九年） ⑧詩が生まれるとき（九四年）

⑬時の駕車（九五年）	**七十歳代　一九九七－二〇〇七年** ⑭南冥・旅の終り（九七年） ⑮わたつみ・しあわせな日日（九九年） ⑯呼び声の彼方（〇一年） ⑰鷲がいて（〇六年）	**八十歳代　二〇〇七－二〇一三年** ⑱自伝詩のためのエスキース（〇八年） ⑲死について（一二年）
⑩過ぎてゆく光景（九六年） ⑪終りなき祝祭（九六年） ⑫故なくかなし（九六年）	⑬沈める城（九八年） ⑭命あまさず（〇〇年） ⑮西行桜（〇〇年） ⑯風の生涯（〇〇年） ⑰桃幻記（〇三年） ⑱父の肖像（〇四年） ⑲終わりからの旅（〇五年）	⑳萱狩（〇七年） ㉑書庫の母（〇七年） ㉒遠い花火（〇九年） ㉓茜色の空（一〇年）
⑨深夜の散歩（九四年） ⑩ケルトの風に吹かれて（九四年） ⑪消費社会批判（九六年）	⑫深夜の唄声（九七年） ⑬本のある自伝（九八年） ⑭ユートピアの消滅（〇〇年） ⑮伝統の創造力（〇一年） ⑯深夜の孤宴（〇二年）	⑰幻花（〇七年） ⑱新祖国論（〇七年） ⑲ポスト消費社会のゆくえ（〇八年） ⑳憲法に生かす思想の言葉（〇八年） ㉑叙情と闘争（〇九年） ㉒かたわらには、いつも本（〇九年） ㉓無印ニッポン（〇九年） ㉔私の松本清張論（一〇年） ㉕生光（一一年） ㉖世界を語る言葉を求めて（一一年） ㉗司馬遼太郎覚書（一一年） ㉘流離の時代（一二年）

連載、インタビュー・構成＝松井覚進）
不破哲三「時代の証言者　共産党　不破哲三４」（「読売新聞」二〇一〇年十一月四日、構成＝鳥山忠志）
三浦雅士「堤清二／辻井喬さんを悼む」（「読売新聞」二〇一三年十一月二十九日）
立石泰則「セゾン文化の祖　西武・堤清二の知られざる素顔」（「週刊文春」二〇一三年十二月十二日号）
「辻井喬前会長追悼特集」（「日中文化交流」№八一六、二〇一四年四月五日号）

＊

アカハタ（日本共産党機関紙、一九五〇年一月一日～六月二十六日）
WEB　法政大学大原社会問題研究所　http://oohara.mt.tama.hosei.ac.jp/（二〇一四年）
『資料戦後学生運動１　1945－1949』（三一書房、一九六八年）
『資料戦後学生運動２　1950－1952』（三一書房　、一九六九年）
『資料戦後学生運動　別巻』（三一書房、一九七〇年）
蔵田計成『新左翼運動全史』（流動出版、一九七八年）
牧田吉明『我が闘争――スニーカーミドルの爆烈弾』（山猫書林、一九八四年）
安東仁兵衛『戦後日本共産党私記』（文春文庫版、一九九五年）
李志綏『毛沢東の私生活（上・下巻）』（文春文庫、一九九六年）

『日本現代詩大系　第八巻』（河出書房新社、一九七五年）
『萩原朔太郎全集　第十巻』（筑摩書房、一九七五年）
『折口信夫全集　第二十七巻』（中公文庫版、一九七六年）
小山俊一『プソイド通信』（伝統と現代社、一九七七年）
『現代詩文庫 70　宗左近詩集』（思潮社、一九七七年）
『現代詩読本　三好達治』（思潮社、一九七九年）
『花田清輝全集　別巻Ⅱ』（講談社、一九八〇年）
『竹内好全集　第八巻』（筑摩書房、一九八〇年）
郡山吉江編『郡山弘史・詩と詩論』（「郡山弘史・詩と詩論」刊行会、一九八三年）
鮎川信夫『時代を読む』（文藝春秋、一九八五年）
『橋川文三著作集１』（筑摩書房、一九八五年）
『橋川文三著作集５』（筑摩書房、一九八五年）
『吉田満著作集（上・下巻）』（文藝春秋、一九八六年）
猪瀬直樹『ミカドの肖像』（小学館、一九八六年）
立石泰則『漂流する経営――堤清二とセゾングループ』（文藝春秋、一九九〇年）
『鶴見俊輔集　第四巻』（筑摩書房、一九九一年）
粟津則雄『雪のなかのアダージョ』（新潮社、一九九八年）
吉野源太郎『西武事件――「堤家」支配と日本社会』（日本経済新聞社、二〇〇五年）
絓秀実『吉本隆明の時代』（作品社、二〇〇八年）
永江朗『セゾン文化は何を夢みた』（朝日新聞出版、二〇一〇年）
三浦雅士『魂の場所――セゾン現代美術館へのひとつの導入』（セゾン美術館、二〇一三年）
『SEZON　MUSEUM　OF　MODERN　OF ART――セゾン現代美術館コレクション選』（セゾン現代美術館、二〇一三年）

＊

小山俊一「戦争とある文学グループの歴史」（「思想の科学」一九五九年十二月号）
上林国雄「わが提一族　血の秘密」（「文藝春秋」一九八七年八月号）
「第二十三回　高見順賞選評」（「樹林」第十一号、一九九三年三月、高見順文学振興会）
「堤清二　辻井喬の世界」（「朝日新聞」一九九四年九月五日～八日、四回

持続の基本』（セゾン刊行物センター、一九八七年）
堤清二ほか『堤清二＝辻井喬対談集』（トレヴィル、一九八八年）
辻井喬、上野千鶴子『ポスト消費社会のゆくえ』（文春新書、二〇〇八年）
辻井喬、三浦展『無印ニッポン――20世紀消費社会の終焉』（中公新書、二〇〇九年）
辻井喬、宮崎学『世界を語る言葉を求めて――3.11以後を生きる思想』（毎日新聞社、二〇一一）

2．辻井喬関連引用

由井常彦編『セリ・セゾン1　セゾンの歴史――変革のダイナミズム（上・下巻）』（リブロポート、一九九一年）
由井常彦、田村茉莉子、伊藤修『セリ・セゾン2　セゾンの挫折と再生』（山愛書院、二〇一〇年）
セゾングループ史編集委員会編『セリ・セゾン3　セゾンの活動　年表・資料集』（リブロポート、一九九一年）
セゾングループ史編集委員会編『セリ・セゾン4　セゾンの発想――マーケットへの訴求』（リブロポート、一九九一年）
由井常彦、前田和利、老川慶喜『堤康次郎』（リブロポート、一九九六年）
『大伴道子文藻（全六巻）』（文化出版局、一九八七年）
大伴道子「ジャスミンの花」（「ポリタイア」第五号、一九六九年五月）
堤邦子『流浪の人』（東都出版、一九五七年）
堤邦子『パリ、女たちの日々』（文化出版局、一九八三年）

3．参考文献

『きけ　わだつみのこえ』（光文社カッパ・ブックス、一九五九年）
『きけ　わだつみのこえ　第2集』（光文社カッパ・ブックス、一九六三年）
『エリオット全集1　詩』（中央公論社、一九六〇年）
『エリオット全集3　詩論・詩劇論』（中央公論社、一九六〇年）
『エリオット全集5　文化論』（中央公論社、一九六〇年）
『世界文学大系57　ジョイス　ウルフ　エリオット』（筑摩書房、一九六〇年）
『われらの文学20　井上光晴』（講談社、一九六六年）
吉本隆明『高村光太郎』（春秋社、一九六六年）
三島由紀夫『蘭陵王』（新潮社、一九七一年）

主要引用・参考文献

辻井喬の作品、発言の引用は『辻井喬全詩集』、『辻井喬コレクション（全八巻）』から行い、これに未収録のものは、単行本などから引用した。

1．辻井喬著作引用

〈詩〉

『辻井喬全詩集』（思潮社、二〇〇九年）

『辻井喬詩集』（思潮社、一九六七年）

辻井喬『死について』（思潮社、二〇一二年）

〈小説等〉

『辻井喬コレクション（全八巻）』（河出書房新社、二〇〇二〜〇四年）

辻井喬『いつもと同じ春』（河出書房新社、一九八三年）

辻井喬『暗夜遍歴』（新潮社、一九八七年）

辻井喬『父の肖像』（新潮社、二〇〇四年）

〈評論・エッセイ等〉

堤清二『現代語で読む日暮硯』（三笠書房、一九八三年）

堤清二『変革の透視図——脱流通産業論（改訂新版）』（トレヴィル、一九八五年）

堤清二『堤清二・辻井喬フィールドノート』（文藝春秋、一九八六年）

堤清二『消費社会批判』（岩波書店、一九九六年）

辻井喬『本のある自伝』（講談社、一九九八年）

辻井喬『ユートピアの消滅』（集英社新書、二〇〇〇年）

辻井喬『伝統の創造力』（岩波新書、二〇〇一年）

辻井喬『叙情と闘争——辻井喬＋堤清二回顧録』（中央公論新社、二〇〇九年）

辻井喬『生光』（藤原書店、二〇一一年）

辻井喬「東日本大震災に思う「詩の切実さ」」（「サンデー毎日」二〇一一年五月一日号）

〈対談〉

辻井喬、日野啓三『昭和の終焉——20世紀諸概念の崩壊と未来』（トレヴィル、一九八六年）

堤清二発言シリーズ第十九集『終始自分自身を否定する永久革命こそ経営

著者略歴

近藤洋太（こんどう・ようた）
1949 年福岡県久留米市生まれ。中央大学商学部経営学科卒業。大学卒業間際、眞鍋呉夫の紹介で檀一雄主宰の「ポリタイア」に参加。林富士馬、古木春哉、谷崎昭男ら「日本浪曼派」ゆかりの人たちの知遇を得る。同人詩誌「翼」、「SCOPE」他に参加。現在「歴程」、「鷹」同人。添田馨らと「スタンザ」発行。
詩集に『もがく鳥』、『七十五人の帰還』、『カムイレンカイ』、『水縄譚』、『水縄譚其弐』、『筑紫恋し』、『果無』、『CQ I CQ』など。選詩集に『現代詩文庫 231　近藤洋太詩集』。評論集に『矢山哲治』、『反近代のトポス』、『〈戦後〉というアポリア』、『保田與重郎の時代』、『人はなぜ過去と対話するのか――戦後思想私記』。

本書は月刊誌「現代詩手帖」（思潮社）に二〇一四年二月号から同年十一月号まで連載したものに加筆、訂正したものである。

辻《つじ》井《い》喬《たかし》と堤《つつみ》清《せい》二《じ》

著者　近藤洋太《こんどうようた》
発行者　小田久郎
発行所　株式会社　思潮社
〒一六二―〇八四二　東京都新宿区市谷砂土原町三―十五
電話〇三（三二六七）八一五三（営業）・八一四一（編集）
ＦＡＸ〇三（三二六七）八一四二
印刷所　三報社印刷株式会社
製本所　小高製本工業株式会社
発行日　二〇一六年十月一日